AF188223

# Travemünde 3.0
## Mt. Blanc 4810

**Aus dem Inhalt:**
Ein in Travemünde lebender, italienischer Souvenirhändler wird am Mt. Blanc tot aufgefunden. Während der komplizierten Recherchen stellt sich heraus, dass hinter der Fassade des Händlers, ein Netzwerk des Verbrechens steht, welches eine Reihe weiterer Todesfälle in Travemünde und Italien auslöst. Die kluge und attraktive POK Stina Wallison übernimmt u. a. die Ermittlungen.

**Impressum:**
Autor + Herausgeber:   **Guido Bleil**   **www.ostsee-perlen.de**
1.Auflage:   **April-2019**
Herstellung und Verlag:
  **BoD - Books on Demand, Norderstedt**
ISBN:  **9-783748-100287**
© **2019 – Guido Bleil**

**Bereits erschienene Romane des Autors:**

*Der Passatmörder (2010)*
- ISBN 9-783839-183946  ➜Paperbook
- ISBN 9-783842-398474  ➜e-Book
*Engel von Travemünde (2011)*
- ISBN 9-783842-351004  ➜Paperbook
- ISBN 9-783844-859072  ➜e-Book
*Trave-Nebel (2012)*
- ISBN 9-783848-212927  ➜Paperbook
- ISBN 9-783844-839487  ➜e-Book
*Trave-Kristalle (2013)*
- ISBN 9-783732-234189  ➜Paperbook
- ISBN 9-783732-218141  ➜e-Book
*Travemünde Komplott (2015)*
- ISBN 9-783738-617078  ➜Paperbook
- ISBN 9-783739-273358  ➜e-Book
*Quallenpest von Travemünde (2016)*
- ISBN 9-783738-629255  ➜Paperbook
- ISBN 9-783741-230615  ➜e-Book
*TraveSünde (2017)*
-ISBN 9-783744-801423  ➜Paperbook
-ISBN 9–783744-806756  ➜e-Book

*„Materielle Gier hat ihre Wurzeln*
*in der Armut des Herzens"* *(Manfred Poisel)*

---

Liebe **Käufer (!)** und liebe **Leser,**

dies ist nun der **achte** abgeschlossene Fall, rund um die erfolgreiche Polizeioberkommissarin (POK) Stina Wallison und dem mysteriösen Jörg Illmer. Tauchen sie mit Ihnen ein, in den Lebensraum rund um das Ostseeheilbad **Travemünde** und dem italienischen **Aostatal.**

**Im Übrigen gilt mein Dank wie immer ausschließlich Ihnen,** denn Sie geben mir den Spaß und den Anstoß, weiter zu schreiben und die Möglichkeit, aufgrund der Verkäufe, zu reisen... ☺

So mancher Roman kann allerdings, aufgrund von realen Begebenheiten dazu verleiten, der Story Glauben zu schenken. Aber bitte, auch wenn viele Fakten zu treffen, halten Sie es in diesem Fall wie der derzeitige amerikanische Präsident Donald Trump es ‚überzeugend' formulieren würde: Fakenews - die Handlungen und die Personen sind **alle frei erfunden.** ☺

Viele beschriebene Ortsangaben werden Sie auch in der Realität wiederfinden. Nehmen Sie die Angaben **nicht** als Navigationshilfe. Sollten Sie sich aufgrund der Beschreibungen verlaufen, so **übernehme ich** als Autor dafür **keinerlei Haftung.**
**Es ist nur ein Roman** ☺

Für etwaige, eingeschlichene Fehler, bitte ich um **gütige Nachsicht.** Sollten sie in der Interpretation liegen, so bin ausschließlich ich dafür verantwortlich.

Guido Bleil / März-2019

# Für Balduin

*„Das Leben ist ein Spiegel. Wenn Du hineinlächelst, lächelt es zurück! Werde gerne wieder so, wie Du mal warst."*

*(George Bernhard Shaw)*

## Danksagung / Steilvorlagen ☺

Meine Bücher werden zwar von mir verfasst, aber in der Regel gibt es viele kleine und große Helfer, die zum Ganzen beitragen – wissentlich sowie auch unwissentlich. Das ist auch gut so !

Das Leben schreibt die besten Geschichten und somit bedanke ich mich an dieser Stelle bei allen, die mir wieder Informationen und **Steilvorlagen** geliefert haben, welche zum Teil in dieses Buch mit eingeflossen sind. Sollten Sie sich „ertappt" fühlen.., nun gut, **herzlichen Glückwunsch !** Sie fielen temporär irgendwie aus dem „grauen" Raster der „unscheinbaren" Masse, im positiven ebenso, wie vielleicht auch im negativen Sinne. Ich benötige beide Varianten, nach dem Motto: *„ Es gibt gut eingekleidete Dummheiten, wie es gut gekleidete Dummköpfe gibt !"*

**Weiter gilt mein spezieller Dank:**
dem Mediengestalter **Jan Ole Bleil**, Bremen,
dem Hauptkommissar **Detlef Schubert**, Bremen,
dem Meister im VIII° *(Ritter v. Westen)* **Henning Schumann**, TRV
dem Notarzt **Dr. Peter Voelz** *(HSC)*, Travemünde.

## Location im Buch:
-Travemünde
-Lübeck
-Courmayeur - Mt.Blanc/Italien
-Chamonix – Mt.Blanc /Frankreich

# Prolog

53° 57' 26.16" N , 10° 52' 47.38" O

Rund zwanzig Kilometer vom Lübecker Holstentor entfernt, liegt der Stadtteil Travemünde, welcher durch den Welterfolg des Thomas Mann Roman ,Buddenbrooks' von 1901, eine überregionale Bekanntheit erlangte. Schon früh erfreuten sich Erholungssuchende Großstädter an dem abwechslungsreichen Seebad, mit dem tollen Blick auf die Lübecker Bucht. Direkt an der Bucht gelegen und zusammen mit der Halbinsel Priwall, schwärmen nicht nur die knapp 13.500 Einwohner vom ,schönsten' Teil Lübecks. Die Geschichte der „Schönen" reicht bis ins zwölfte Jahrhundert zurück. Der ursprüngliche Gründungsort liegt an der Trave bei Dummersdorf, wo heute ein Naturschutzgebiet ausgewiesen ist und nur noch ein Gedenkstein daran erinnert.

Nicht nur zahlreiche Prominente haben diesen Ort für sich entdeckt, sondern hunderttausende von Besuchern steuern diesen Ort gezielt an, um sich am und im Wasser zu erfreuen, in den zahlreichen Cafes und Restaurants zu verweilen, die Seele baumeln lassen oder gefühlt, den Kapitänen der großen Fähren die Hand zu reichen. So nah kommt man nirgendwo den schwimmenden Riesen.

Wenn auch der politische Filz in Lübeck unübersehbar ist, lässt es sich hier zur Zeit noch wunderbar leben.

Unter anderem auch am Steg ,B' im Passathafen.

Meistens zumindest...

## 001

Travemünde, Schleswig-Holstein
Di-31.Juli-2018

*„Reue ist Verstand, der zu spät kommt.“*
*(Ernst Freiherr von Feuchtersleben)*

Obwohl der Mond sich bereits in der abnehmenden Phase befand, am 27.Juli war Vollmond, erinnerte er sich in dieser Situation plötzlich an seine unbeschwerte Zeit in Italien. Dem Klettern in winterlichen Vollmondnächten. Ein glücklicher Ausdruck breitete sich in seinem Gesicht aus. Jegliche Sorgen verschwanden aus seinen Gedanken. Eine Zeit mit unendlich viel Glück. Menschen umgaben ihn, die mit sich und der Welt im Einklang schwangen. Berauschende Erlebnisse in tief verschneiten Bergen. Sein Lächeln wurde zu einem lautlosen, intensiven Lachen!

Wann hatte er das letzte Mal so herzhaft gelacht? Es wollte ihm nicht einfallen. In der jetzigen Situation schon gar nicht. Fahrig fuhr er sich durch seine kurz geschorenen Haare. Der kurze Augenblick des verlorenen Glücks war schon wieder verschwunden und hatte nicht länger als acht oder neun Sekunden angedauert. Wolken schoben sich vor den hellen Mond, sodass er eine Chance sah, mit Hilfe der Dunkelheit seinem Häscher zu entkommen. Oder waren es sogar zwei? Er wusste es nicht. Er wusste nur, dass sein Betrug aufgeflogen war. Für die Organisation bedeutete dies sein Todesurteil. Vergebung ist nicht vorgesehen. Auch nicht für einen Experten, einem Künstler wie ihn.

In seinen Augen hätte man im Hellen deutlich die Furcht sehen können. In seinem faltigen Gesicht konnte jetzt niemand mehr Spuren eines jemals vorhandenen Glücks erahnen. Er spürte instinktiv, dass seine Sanduhr des Lebens nur noch wenige Körnchen zum Fließen vorrätig hatte. Obwohl das Thermometer am Lotsenturm noch sommerliche dreiundzwanzig Grad anzeigte, fröstelte ihm am ganzen Körper.

---

## 002

Bewegungslos verharrte eine dunkle Gestalt nun schon seit geschlagenen dreißig Minuten hinter einem der wenigen dickeren Bäume, in der Nähe des Hafenmeisterbüros im Passathafen. Wie ein Chamäleon verschmolzen die Konturen der drahtigen Frau mit dem Stamm. Ihr Ruhepuls lag bei fünfundvierzig Schlägen pro Minute, obwohl sie hochkonzentriert die Umgebung scannte.

Mit ihren erst vierundzwanzig Lebensjahren war die hochgewachsene Osteuropäerin noch sehr jung in ihrem Business. Ihre Erfahrung entsprach allerdings eher einer fünfzigjährigen. Vom kargen Leben in den sibirischen Weiten gezeichnet, erhielt sie in der Nähe Moskaus eine erstklassige Ausbildung in Verteidigung, Angriff und Töten. Nachdem sie schon mit vierzehn Jahren aus der Not heraus, eine Zwangsehe mit einem siebzigjährigen Mongolen eingehen musste, gelang ihr die Flucht nach einem sechs Monate dauerndem Martyrium. Völlig verwahrlost strandete sie Wochen später in Moskau. Dort gabelte sie ein Mitarbeiter des russischen Inlandgeheimdienstes FSB auf, den sie beinahe krankenhausreif bearbeitet hatte, als er bei ihr eine Personenkontrolle vornehmen wollte. Nach einigen Tests stellten die Kollegen eine außergewöhnliche Konzentrationsfähigkeit und überdurchschnittliche Intelligenz fest. Eine Schule hatte der Teenager bis dahin noch nicht besucht. Nach vier Jahren intensiver Spezialausbildung, sprach sie Arabisch, Französisch, Englisch und Deutsch fließend und akzentfrei. Neben einer Einzelkämpferausbildung hatte sie die Ausbildung an verschiedenen Waffensystemen mit Auszeichnung absolviert.

So wurde Sie eine Killerin mit ausgeprägten Instinkten und gnadenloser Effizienz. In Ihrer dreijährigen Zeit beim FSB hatte das ‚Chamäleon‘, so auch ihr Deckname, zweiundvierzig erfolgreiche Einsätze. Erfolgreich im Sinne des FSB. Ihre Mortalitätsrate lag bei einhundert Prozent, was bei ihr genau zweiundvierzig Toten entsprach. Im FSB Einsatz.

Privat kamen noch einmal vier dazu. Ihr mongolischer Ehemann und seine drei Leibwächter erlitten einen unerklärlichen Tod. Nur sie wusste um die Umstände. Seit zwei Jahren arbeitete sie als ‚Freiberuflerin‘. In Russland gibt es pro Jahr etwa zwanzigtausend Morde. Nur wenige werden aufgeklärt. Diverse Agenturen bieten ihre unterschiedlichen Dienste an. Angefangen vom ‚handgerechten‘ Schütteln ab zweihundert Euro, über Knochen brechen für fünfzig Euro, pro Knochen versteht sich. Einen Mord gibt es schon für schlappe zweitausendfünfhundert Euro. Nicht gerade viel für ein Menschenleben. Dennoch ein aufblühendes und einträgliches Gewerbe.

Ihre Preise lagen um ein Vielfaches höher und in der Öffentlichkeit fand man sie schon mal gar nicht. Im ‚richtigen‘ Leben arbeitete sie als freie Werbetexterin. Eine gute Tarnung. Somit konnte sie ihren Nachbarn und den wenigen Freunden auch längere Abwesenheit durch neue Aufgabenstellungen erklären. Obwohl es an Nachfrage nicht mangelte, nahm sie nur noch selten Jobs an. Mal für ausländische Regierungen, mal für die russische oder italienische Mafia. Immer lieferte sie professionelle Arbeit ab. Gegen eine fürstliche Entlohnung. Eine Fachkraft kostete eben. Dafür erhielten die Auftraggeber immer eine reibungslose und nicht verfolgbare Abwicklung.

Dennoch hatte das Chamäleon heute ihre Zielperson nicht mehr im Fokus. Noch nicht! Sie machte sich keine Sorgen. Geduld war eine ihrer Stärken. Ihr Ziel würde sich irgendwann verraten. Ein hämmernder Specht, irgendwo zu ihrer Rechten, durchbrach die allgemeine Stille. Nur kurz. Kurz wunderte sie sich auch über die Nachtaktivität des Vogels, aber über das Verhalten von Vögeln besaß sie keinerlei Kenntnis.

Etwa eine halbe Minute später brauchte sie sich auch darüber keine Gedanken mehr machen. In der Nähe der Vogelgeräuschquelle nahm sie eine fast unsichtbare Bewegung wahr.

„Sicher hat der Specht eine Warnung an seine Artgenossen gesandt" mutmaßte das Chamäleon. Sie erhöhte die Körperspannung und ertastete den kalten Stahl ihrer mattlackierten Waffe. Selbst wenn ein verirrter Lichtstrahl auf das Metall treffen sollte, eine Reflexion gäbe es nicht.

## 003

Die Wolken zogen nun langsamer, sodass er seine minimale Chance sah und wahrnahm – schließlich nannte man ihn nicht umsonst den Eisvogel. Schnell löste er sich aus dem Schutz der Priwallbaustelle und sprang mit Anlauf ins Wasser des dunklen Hafenbeckens, wo er elegant und beinahe geräuschlos ein- und sofort abtauchte.

Jeden Moment rechnete er mit einem Körpertreffer aus einer mit Schalldämpfer ausgestatteten Schusswaffe. Dies ist die schnellste Art zu sterben. Ob man ihm diese Gnade erwies oder er auf langsamere und grausamere Art und Weise sterben sollte, er wusste es nicht. Den trockenen Knall zweier Schüsse, die durch einen Schalldämpfer eher wie das Öffnen von zwei Sektflasche klangen, hörte er nicht mehr.

Dafür nahm er ein Zischen links und rechts neben dem Kopf wahr. Ein Geräusch wie zornige Wespen, von denen es dieses Jahr lästig viele gab, im Sturzflug knapp an einem vorbei. Kein Treffer ! Natürlich wusste er, dass er mehr Glück als Verstand brauchte. Dieses Quäntchen Glück hatte er bitter nötig. Dank seiner gut ausgebildeten Lungen bereitete es ihm keinerlei Probleme, eine Strecke von über fünfzig Metern zu tauchen. In der Deckung einer Segelyacht tauchte er kurz auf, vergewisserte sich, dass das Mondlicht weiterhin abgeschattet war, nahm einen tiefen Atemzug und tauchte weiter auf die Trave zu. Zwei weitere fünfzig Meter Strecken brachten mehr Distanz zwischen ihm und den Jägern.

Die Abschattung half ihm weiter. Dennoch traute er sich nicht, die Strecke an der Oberfläche zu schwimmen. Obwohl die Jäger ihn wohl verloren hatten. Nun hörte er in der Mitte der Trave ein lautes und knirschendes Geräusch. Das Mahlen einer großen Schiffsschraube.

Innerlich stöhnte er auf. „Verdammt !" Dies bedeutete eine neue, ebenso ernste Lebensgefahr !

Die Sanduhr schien noch schneller zu laufen...

Die Segelyacht ‚O.li‘ lag gut vertäut am Steg B im Passathafen. Beruhigend plätscherte das Wasser an die Bordwand der Scalar 40, einer wunderschönen Konstruktion, der kleinen Werft Hennigsen & Steckmest in Kappeln. Dort wurden exklusive Kleinserien mit höchster Präzision gefertigt. Jörg Illmer, von seinen Freunden nur York genannt, besaß eines der seltenen Exemplare.

An Bord herrschte eine entspannte Stimmung. Die Dunkelheit hatte den schönen Sommertag schon verschlungen. Nur vereinzelte Lichter der Waterfrontpromenade und der Halbmond spendeten genug Licht, damit sich die drei Menschen in der Plicht erkennen konnten. Bei einem guten Glas Rotwein, einem 2006-er MASI Amarone, der gut fünfundzwanzig Jahre lagerungsfähig ist, diskutierten sie leise über die unterschiedliche Wahrnehmung und Kommunikation der Geschlechter.

Ganz dicht nacheinander vernahmen sie zwei ‚Plopp‘. „Da lässt es sich auch noch jemand gut gehen“ merkte der XO an. „Gleich zwei Sekt.“ Gleichzeitig registrierte er erstaunt, das York sich unbewusst über seine sieben Zentimeter lange Narbe im Gesicht rieb. Normalerweise ein untrügliches Zeichen für Abenteuer und oder Ärger – wenn man denn daran glaubte. Der XO glaubte fest daran, sagte jedoch nichts.

Zwei auslaufende Fähren, eine der weißen, großen TT-Line und eine der mächtigen, blauen Finnlines, erzeugten durch ihre schiere Masse, starken Sog und leichten Schwell, obwohl sie sich an die vorgeschriebene maximal Geschwindigkeit hielten. Sie verdrängen so viel Wasservolumen, dass bei Annäherung im Umkreis von über dreihundert Metern, der Wasserspiegel um gut zwanzig Zentimeter sank. Nach dem Passieren der Giganten egalisierte sich der Wasserstand wieder. Der XO, Yorks Freund und gut ausgebildeter Segler, schenkte seiner Wahrnemmung keine Beachtung mehr.

„Wir Männer brauchen nicht so viele Worte, um das Wesentliche auf den Punkt zu bringen" brachte Claus Bolt, der XO der Segelyacht, vor.

„Dafür haut Ihr euch von Kindheit an die Köpfe schneller ein, weil euch die Argumente ausgehen und ihr es nicht gelernt habt, vernünftig miteinander zu sprechen. Es ist hinlänglich erwiesen, dass Frauen im Schnitt dreiundzwanzigtausend und Männer nur elftausend Wörter täglich benutzen." Stina Wallison nickte dem XO prostend zu.

„Es kommt schließlich auf die Qualität an, meine Liebe. Wenn Du die vielen Gespräche über Mode, Kosmetik und TV-Soaps rausrechnest, dann bleiben sicher weniger als zehntausend Wörter über" grinste der XO. „Nicht wahr, York?" fügte er an.

„Ganz dünnes Eis mein Freund. Da halte ich mich lieber heraus. Außerdem ist es schon spät. Ich gönne mir nun eine Mütze voll Schlaf. Gute Nacht."

Auch Stina sprang leichtfüßig auf und verabschiedete sich vom XO und folgte York in die Eignerkabine.

Claus Bolt füllte den Rest des exzellenten Rotweins in sein Glas und sinnierte über seine vergangene Zeit als Turner. Mit Talent und Disziplin hatte er sich hoch, bis in die Bundesliga geturnt. Mit seinem Team hatte er an internationalen Wettkämpfen teilgenommen und tolle Menschen kennen gelernt. Dazu fiel ihm jetzt eine bizarre Geschichte ein, die er und sein Team in Paris erlebte. Sie waren allesamt jung und knackig und da war dann der reiche Franzose. Reich, schwul und verliebt. In das ganze Team.

Schmunzelnd nippte er einen Schluck Amarone und genoss den samtigen Abgang, während die Segelyacht ein wenig mehr als üblich schwankte.

Irritiert rieb sich das Chamäleon die Augen. Hatte sie Ihr Zielobjekt nun tödlich getroffen und war der Tote gleich auf den Grund versunken ? Oder bewegte sich ihr Zielobjekt noch außerhalb ihres Blickwinkels ?

Eigentlich war sie sich sicher, dass sie zumindest einen Treffer gelandet hatte. Sie schoss nie vorbei. Niemals ! Sorgfältig suchte sie mit den Augen die Wasseroberfläche ab. Konnte der Körper bei einem Kopftreffer so schnell absinken ? Wenn ja, dann sollten zumindest Spuren an der Wasseroberfläche zu entdecken sein. So sehr ihre Augen auch etwas entdecken wollten, sie konnte nichts erkennen.

Nun kribbelte es in ihrem Magen. Ein ihr bislang unbekanntes Gefühl breitete sich langsam weiter in die oberen Extremitäten aus. Unstet huschten die Augen weiterhin über das Wasser, aber die Dunkelheit gestattete keine Blicke in die Ferne. Das jetzt gerade das Mondlicht durch die Wolkendecke ausgesperrt wurde, ärgerte das Chamäleon, änderte allerdings nichts an der Situation. Noch mehr ärgerte sie sich über den Kontrollverlust. Das war unprofessionell. Sie hatte davon gehört, empfand sich bisher jedoch als resistent, obwohl es ihre Ausbilder seinerzeit prophezeit hatten. „Egal, wie cool jemand ist, irgendwann kommt der Tag X" erläuterte der Psychiater, der damals die Psychoanalyse bei ihr durchführte. Ein zwingender Teil der Ausbildung. Schließlich wollte auch der FSB wissen, wen sie da zur effizienten ‚Nayemnyy Ubiytsa' (sprich: Nayunimi Ubiza), also zur Auftragskillerin ausbildeten. „Du kannst Dich nicht darauf vorbereiten, da es im Vorfeld keine Anzeichen gibt." Dies war mit einer der Gründe, warum die intensive Ausbildung nicht jeder bestand. Während dieser Zeit machten Gerüchte die Runde, dass alle Gescheiterten seither nie wieder aufgetaucht waren.

Nach Beendigung ihrer Ausbildung wusste sie auch warum. Ihre ehemaligen, gescheiterten Kollegen wurden zu Zielen. Zu Trainingszielen. Zu Objekten. Ein weiterer Teil der harten Ausbildung. Ein ganz makaberer Teil.

Kontrollverlust führte zu Fehlern und Fehler waren in diesem Geschäft in der Regel tödlich. Nicht, dass sie Angst vor dem Tod hatte, aber sie empfand sich derzeit noch als zu jung dafür. Ein paar Träume verbargen sich doch noch im hintersten Winkel ihres Gehirns. Ein Kinderwunsch gehörte definitiv nicht dazu. An die eigene Kindheit erinnerte sie sich mit Grausen. Die Winter waren bitterkalt und schneereich. Die Natur hart, aber gerecht. Die vorgegebenen Bedingungen stählten ihren Körper und schärften ihren Verstand. Der Vater soff und war gewalttätig. Er starb am Tage ihrer Hochzeit. Niemand machte sich die Mühe, die genauen Todesumstände zu ermitteln. Ihr war es auch egal. Ein Martyrium wechselte nur das andere ab. Einen Draht zur Mutter hatte sie nie entwickelt. Die Mutter zu ihr auch nicht. Familie war für das Chamäleon nicht existent.

„Obwohl mit dem Richtigen... - QUATSCH!"

## 006

Wo genau die Fähre sich befand war unter Wasser nicht auszumachen. Jeden Moment erwartete der ‚Eisvogel' vom Sog der riesigen Schiffsschrauben erfasst und anschließend zerstückelt zu werden. Verzweifelt versuchte er schneller zu tauchen. Dies ging damit einher, dass sich sein Puls schlagartig noch weiter erhöhte und somit ein effizientes Tauchen immer schwieriger wurde. Nach Luft schnappend durchbrach er die Wasseroberfläche. Panisch blickte er sich in Richtung Fähre um. TT-Line registrierte er augenblicklich. Der Bugwulst war nur noch etwa fünfzig Meter entfernt.

Es blieb ihm nichts weiter übrig, als sich nun im Kraulstil schleunigst aus der Gefahrenzone zu entfernen. Das Tauchen hatte ihm schon den größten Teil seiner Energie geraubt. Die TT-Line kam rasch näher. Mit einem Schlag wurde ihm klar, dass er keinerlei Chance mehr besaß. Tod durch Ertrinken bzw. ein Ende im ‚Fleischwolf'. „Welche Ironie" schoss es ihm durch den Kopf. Seine Mutter hatte ihm einen Tod in einer Gletscherspalte vorhergesagt. Damals, als er noch als Bergführer am Monte Bianco arbeitete und teils Kopf und Kragen riskierte. Eine wilde und zugleich berauschende Zeit in seinem Leben. Natur verbunden und immer den Puls des Lebens verspürend. In bis zu einer Höhe von 4.810 Meter über NN.

„Da hast Du Dich geirrt, Mutter!" sandte er ihr einen seiner letzten Gedanken in den Himmel. „Amen."

Im selben Moment rissen ihn zwei starke Arme in die Höhe und hievten ihn an Bord eines Fischkutters.

„Bist Du bescheuert?" schnarrte ihn eine Stimme an. „Hier geht man nicht schwimmen, dann endest Du höchstens als Fischfutter" fluchte der Fischer und schrammte mit seinem Kutter an der Backbordseite der TT-Line entlang. Die große Fähre registrierte die kleine Havarie gar nicht und setzte ihren Weg unbeirrt weiter, in Richtung Lübecker Bucht hinaus.

„Siggi" merkte der Fischer knapp an.

„Mar.., Marcello" entgegnete der Gerettete noch immer außer Atem. „Mille grazie!" Zitternd wollte er den Fischer umarmen, der aber abwinkte und ihm stattdessen eine Rumflasche reichte.

„Gläser gibt es keine" brummte er und steuerte mit seinem Kutter ‚TRV 11', ohne ein weiteres Wort zu verlieren, den Fischereihafen an. Das Gesicht des nächtlichen ‚Fangs' kam ihm bekannt vor, aber er hatte keine Lust auf ein klärendes Gespräch. Instinktiv spürte Siggi, dass er sich damit nur Ärger einhandelte.

Den suchte er nicht.

## 007

Mo-06.August-2018

*„Es gibt nichts Beständigeres als die Unbeständigkeit."*
*(H. J. Christoph von Grimmelshausen)*

Auf dem Revier der Waschpo in Travemünde war nach der 129. Travemünder Segelwoche wieder Normalität eingekehrt. Zur TW herrschte immer eine Art Ausnahmezustand. Hunderttausende Besucher begleiteten an Land das Segelevent von mittags bis spät in die Nacht. Auf dem Wasser kämpften bis zu zweitausend Aktive, in verschiedenen Klassen, unter anderem um Welt-, Europa- und Deutsche Meistertitel. Für die Beamten der Waschpo eine besondere Herausforderung, denn die Betreuung der wasserseitigen Aktivitäten kamen zu den ortsüblichen, alltäglichen Aufgaben hinzu. Natürlich kamen zu diesem Event, weitere Kollegen aus anderen Regionen dazu, aber der allgemeine Stellenabbau in den letzten Jahren war überall spürbar. Auch die Beamten an Land schoben zur TW Sonderschichten.

Um so mehr war das angestammte Team der Waschpo dankbar, dass der Alltag wieder einkehrte. Angesammelte Überstunden konnten langsam abgebaut werden, ebenso wie der liegengebliebene Papierkram. Die Polizeioberkommissarin Stina Wallison, welche in den letzten Jahren mehrfach eine Beförderung zur Hauptkommissarin ablehnte, und Ihr Kollege Polizeiobermeister Malte Scheel, rekapitulierten gemeinsam den Verlauf der letzten drei Wochen, um den Abschlussbericht für die offizielle Nachbetrachtung zu verfassen. Es gab im Ablauf immer etwas für die Zukunft zu verbessern. Im Großen und Ganzen durften alle zufrieden sein.

„Wenn Hans nicht bei der Rotspon Regatta", bei der es um den Gewinn einer sechs Literflasche Lübecker Rotspon, einem im Lübecker Eichenfässer gereiften Bordeauxwein geht, „vor den Augen des Bürgermeisters aus dem Waschpo Begleitboot gestürzt wäre, dann stünden wir super da" feixte Malte mit leicht erhöhter Lautstärke. Er wusste, dass Hans seine Lauscher immer auf vollen Empfang standen. Stina Wallison tadelte ihn mit einem unmerklichen Blick. Das letzte was sie wollte, war Verstimmung im Team. Malte besaß ein loses Mundwerk, was ihm in der Vergangenheit eine längst überfällige Beförderung kostete.

Peinlich berührt lief Hans sein Gesicht krebsrot an. Allerdings erwiderte er nichts. Er schluckte seinen Ärger hinunter und spülte mit einem Kaffee hinterher. Insgeheim war er seit Anfang an in Stina verliebt. Hoffnungslos. Das Geheimnis bewahrte er in seinem Innersten auf und teilte es mit niemanden, obwohl jeder auf dem Revier wusste, dass es so war. Allein Hans wusste es nicht.

Unmotiviert hackte er auf seiner Tastatur herum und beobachtete angestrengt, die von Marine Traffic angezeigten, aktuellen Schiffsbewegungen. Dort wird die Berufsschifffahrt mittels eines AIS Signals (Automatischen Indentifikationssystem) identifiziert. Neben den Schiffsnamen, wird zum Beispiel die genaue Position, Geschwindigkeit und das Fahrtziel angezeigt. Schiffe mit einer Länge von über zwanzig Meter, müssen mit einer AIS Anlage ausgerüstet sein.

Inzwischen sind auch viele private Schiffe mit AIS ausgestattet, was die Sicherheit auf See zusätzlich erhöht.

Ein ‚Ping' lenkte seine Aufmerksamkeit auf eine eingehende email. Mit einem Klick öffnete Hans die mail. Leise schnalzte er mit der Zunge. Mit dem Papierausdruck, schlenderte er betont lässig zu den beiden Kollegen. Dabei schaute er durch Malte hindurch, als wäre dieser gar nicht anwesend. „Schau mal, Stina. Dies ist gerade vom Leuchter reingekommen." Lennart Leuchter war seit drei Monaten der neue Hauptkommissar des MD.1, des Morddezernats in Lübeck. Wie schon in den letzten Jahren, riss sich niemand um den Posten. Mittlerweile hatte es sich in der ganzen Republik herum gesprochen, dass die Amtsinhaber nicht alt zu werden pflegten. Es schien ein Fluch auf dieser Stelle zu liegen. Erst nach monatelanger Vakanz war es gelungen, diesen Posten neu zu besetzen. Mit Leuchter hatte die Polizeiführung einen gestandenen Polizeibeamten vorstellen können. Einen Praktiker. Fünf Jahre stand er der SEK Münster als Leiter vor. Er galt zwar als unbequem, aber auch als effizient und kompromisslos zielorientiert. Ein mit ausgeprägter Volition ausgestatteter Hauptkommissar. Zähigkeit, Entschlossenheit, Tatkraft und Robustheit, waren für ihn kein Fremdwort. Dabei schoss er allerdings gelegentlich ein wenig über das Ziel hinaus und sorgte für Irritationen unter Kollegen und dem Hausjuristen. Seinen unmittelbaren Vorgesetzten beeindruckte Leuchter mit seiner Willenskraft.

Stina nahm ihn die ausgedruckte email ab und las laut vor:
„In den italienischen Alpen wurde eine Leiche im Gletschergebiet des Monte Bianco, in dreitausendzweihundertfünfzig Meter NN, gefunden. Die bei dem Leichnam gefundenen Papiere weisen auf einen italienischen Staatsbürger mit Wohnsitz in Travemünde hin. Der Name lautet Marcello Rapo, geboren am 30.Okt.1970, in La Salle, AO. Die genaue Todesursache ist noch nicht abschließend geklärt, aber es sieht nach einem mysteriösen Gewaltverbrechen aus."

Malte schaute Stina fragend an. „Ist das nicht der kauzige Souvenirverkäufer in der Rose ?" sinnierte sie laut.

„Kann sein, aber das meinte ich nicht…"

„Du spielst darauf an, dass York dort jahrelang gearbeitet hat und glatt als Einheimischer durchgeht?" Malte nickte zögernd, da er wusste, dass Stina, strikt berufliches und privates trennte. „Vergiss es!" wehrte sie frostig ab. „Das ist Sache der italienischen Kollegen und außerdem ist York kein Polizist. Seine Segelsaison ist ihm ehedem heilig."

Malte gluckste und grinste in sich hinein. Im nächsten Moment dachte er schon nicht mehr daran. Es gab für ihn wichtigeres. Die Frühschicht war nun gleich zu Ende und er wollte unbedingt noch ein Blumengesteck für seine Freundin Katja kaufen. Nicht nur, weil er schon seit bald zwei Jahren richtig verliebt war. Seine rote Flamme liebte Blumen in jeder Form und es bereitete ihm Spaß, zu sehen, wie sie sich über die bunten Gewächse freute. Einzig ihre politische Einstellung erschien ihm zu radikal. Er liebte ihre süßen Sommersprossen, ihre roten Haare, den ehrlichen Charakter und vor allem hatte sie ihn mit ihrem einzigartigen Lächeln verzaubert. Für seinen Geschmack hielt sich Katja damit zu oft zurück. Sie besaß zum Teil eine Ernsthaftigkeit, die ihn so manches Mal schon verschreckt hatte. Sie stand sich oft selbst im Weg. Klar hatte Katja einen stressigen, verantwortungsvollen Führungsjob, füllte diesen auch kompetent und gewissenhaft aus, aber sie sah überall eine Bedrohungslage. Auf der Arbeit, in ihrem bisherigen Lebenslauf sowie auch in der Zuwanderung, von zB Flüchtlingen. Deshalb fühlte sie sich der AfD nahe. Damit hatte Malte aber ein Problem. Er hoffte, ihr die Augen öffnen zu können und die geistige Nähe zur braunen Soße, durch eine liberalere, eine demokratischere und humorige Sichtweise zu nehmen.

Zur letzten Bundestagswahl hatte sie allerdings eine witzige Aktion gestartet und auf den CDU Plakaten, mit dem Konterfei von Angela Merkel, die vollmundigen Werbesprüche mit eigenen prägnanten Fragen konterkariert. Dies Form der ,Radikalisierung' gefiel auch ihm.

Auch wenn Katja ihn nicht immer verstand, wollte Malte auf alle Fälle Ihre Dämonen einfangen. Mit bunten Blumen von Blumen Dziomba. Schließlich war sie seine Blumenkönigin.

Seine große Liebe!

# 008

*Frauen: „Ursprung des Glücks und notwendiges Korrektiv der Spezies Mann."* (Eigenzitat)

Den besten Kaffee in Travemünde gibt es in der Vorderreihe bei dem Barista Gusto Joda. Neben hervorragenden klassischen Kaffeegetränken bietet er hausgemachte Torten, leckere Weine, diverse Champagner und ausgesuchte Ginspezialitäten. Hier hatten sich zum Nachmittag York und sein XO eingefunden.

„Tartufo Gedeck, wie immer York ?" fragte der Betreiber Klaas „und Du schon einen Grauburgunder, Claus ?"

„Gute Idee" antwortete York „und noch zwei weitere Grauburgunder. Dildo erscheint gleich auch noch. Für mich aber nur ein Kindergetränk, 0,1l."

„Klasse, dass wusste ich ja gar nicht, dass Dildo in Travemünde ist."

„Der hat mich gerade angepiept. Ist nur noch zur Post in der Möwengasse und kurz zu Elatus, den neuen Schätzing kaufen. Zum Glück gibt es wieder..." die Worte gingen in lautem ACDC Sound unter. „...it's a long Way to the Top, If you Wanna Rock 'N' Roll..." wummerte es in der Gasse der Vorderreihe. Der Sound schwoll immer stärker an, aber die Quelle war noch nicht auszumachen. York versuchte seinen Satz noch einmal zu Ende zu bringen, sah aber schnell die Sinnlosigkeit ein. Passanten, die eigentlich illegal auf der Straße prominierten und normalerweise nur träge sowie unwillig auf das Klingeln der dort legal fahrenden Radfahrer reagierten, spritzten mit entsetztem Blick auseinander. Selbst die oft schwerhörigen Rollatorenlenker steuerten sofort auf den Fußweg, wo sie auch hingehörten.

Auf einem Dreirad fahrend, mit einer riesigen Lautsprecherbox auf seinem megagroßen Gepäckträger, schoss ein Mitvierziger über die Radstraße. Mit Cowboyhut, Fransenjacke, wehenden Haaren, Easy Rider Lenker und einem extra breiten Dauergrinsen, genoss er sichtlich die rauschende Fahrt durch die Menschenmenge. „Der fährt so bis nach Scharbeutz und erweckt selbst wandelnde Leichen" grinste der XO.

„Ich mag diesen Typen. Der zaubert kostenlos Freude in die meisten Gesichter unserer Mitbürger. Auch in meines !" York hobelte dabei mit dem Löffel ein Stück Tartufo ab und führte es genüsslich zum Mund. „Es bereitet mir Spaß, dass es noch Typen abseits der Normen gibt. Das können schon Kleinigkeiten sein. Täglich sehe ich zum Beispiel einen Radfahrer, der selbst im Sommer mit einer schwarz verspiegelten Skibrille durch die Vorderreihe fährt. Warum, bleibt wohl sein Geheimnis, aber es ist auch egal. Er fällt so zu sagen aus dem üblichen Rahmen." York führte sich den nächsten Löffel zu. „Richtig erfreue ich mich immer an einem Ehepaar, geschätzt oberhalb der fünfundsiebzig, die mal sportlich salopp, mal modisch elegant angezogen, über die Travemünder Shoppingmeile schreiten. Wohl gemerkt schreiten ! Sie scheinen zu schweben und strahlen dabei eine natürliche Anmut und Würde aus, was seinesgleichen sucht."

„Die kenne ich auch. Wirklich herausstechend. Sie strahlen eine tiefe innere Zufriedenheit aus. Eine Klasse für sich. Was die beiden auch immer im Leben gemacht haben, sie müssen auf ein erfülltes Leben zurückschauen können, was sie mit Dankbarkeit und Gelassenheit gesegnet hat. Ich hoffe, dass mir dies im Alter auch annähernd so gelingt" erklärte sich der XO.

„Wir sind sicher auf einem guten Weg, mein lieber XO. Die Erkenntnis hat sich uns ja zum Glück schon früh offenbart. Das bewusst machen ist schon der erste große Schritt in die richtige Richtung. Wir nehmen das Leben ziemlich bewusst wahr. Mit jedem Tag nimmt die, ich nenne es einmal ‚Erleuchtung‘, zu. Dazu passt auch hervorragend ein Gedicht des brasilianischen Dichters und Schriftstellers Mario de Andrade, der schon 1893 das Licht der Welt erblickte. Unser Segelfreund Uwe, von der SY Alaya‘, hat mir dieses Gedicht gepostet:

*Meine Seele hat es eilig.*

*„Ich habe meine Jahre gezählt und festgestellt, dass ich weniger Zeit habe, zu leben, als ich bisher gelebt habe.*
*Ich fühle mich wie dieses Kind, das eine Schachtel Bonbons gewonnen hat: die ersten isst es mit Vergnügen, aber als es merkt, dass nur noch wenige übrig sind, begann es, sie wirklich zu genießen.*
*Ich habe keine Zeit für endlose Konferenzen, bei denen die Statuten, Regeln, Verfahren und internen Vorschriften besprochen werden, in dem Wissen, dass nichts erreicht wird.*
*Ich habe keine Zeit mehr, absurde Menschen zu ertragen, die ungeachtet ihres Alters nicht gewachsen sind.*
*Ich habe keine Zeit mehr, mit Mittelmäßigkeit zu kämpfen.*
*Ich will nicht in Besprechungen sein, in denen aufgeblasene Egos aufmarschieren. Ich vertrage keine Manipulierer und Opportunisten.*
*Mich stören die Neider, die versuchen, fähigere in Verruf zu bringen, um sich ihrer Positionen, Talente und Erfolge zu bemächtigen.*
*Meine Zeit ist zu kurz um Überschriften zu diskutieren.*
*Ich will das Wesentliche, denn meine Seele ist in Eile.*
*Ohne viele Süßigkeiten in der Packung.*

*Ich möchte mit Menschen leben, die sehr menschlich sind. Menschen, die über ihre Fehler lachen können, die sich nichts auf ihre Erfolge einbilden. Die sich nicht vorzeitig berufen fühlen und die nicht vor ihrer Verantwortung fliehen. Die die menschliche Würde verteidigen und die nur an der Seite der Wahrheit und Rechtschaffenheit gehen möchten.*

*Es ist das, was das Leben lebenswert macht.*

*Ich möchte mich mit Menschen umgeben, die es verstehen, die Herzen anderer zu berühren. Menschen, die durch die harten Schläge des Lebens lernten, durch sanfte Berührungen der Seele zu wachsen.*

*Ja, ich habe es eilig, ich habe es eilig, mit der Intensität zu leben, die nur die Reife geben kann.*

*Ich versuche, keine der Süßigkeiten, die mir noch bleiben, zu verschwenden.*

*Ich bin mir sicher, dass sie köstlicher sein werden, als die, die ich bereits gegessen habe.*

*Mein Ziel ist es, das Ende zufrieden zu erreichen, in Frieden mit mir, meinen Lieben und meinem Gewissen.*

*Wir haben zwei Leben und das zweite beginnt, wenn du erkennst, dass du nur eins hast."*

„Das ist schön und trifft es" sagte Claus leise. „Wahnsinn. Diese Erkenntnis hatte der Mann schon vor über einhundert Jahren! Wenn..."

„...Mahlzeit! Bin ich zu spät?" Dildo, der eigentlich von seinen Eltern den Namen Dino Hopf bekommen hatte, baute sich, wie immer bestens gelaunt, vor den beiden auf. „Ich bin noch kurz auf den Wochenmarkt am Fährplatz gehuscht. Currysalat bei Rumstieg und Allergiker freundliche Wellantäpfel sowie Heidelbeeren bei Ludwig kaufen." Er machte eine kleine Kunstpause. „Das ‚Suppenhuhn' hat mir schon gesteckt, dass Du wieder ganz früh auf dem Markt warst. Nach Hilde..." feixte Dildo. „Toll, der Graue steht schon auf den Tisch. Drei Gläser. Da ist sicher eines für mich dabei." Er setzte sich zu York und Claus, griff sich ein Glas und prostete seinen beiden Freunden zu.

In diesem Moment kam der gelbe DHL Paketwagen vorbei und stoppte vor dem Café. Franjo, der Fahrer nickte den drei Gästen freudig zu. „Auf die Gesundheit!"

„Auf das Leben" erwiderte Dildo. „Es ist auch kein Alkohol. Lediglich eine Flüssigkeit mit Destillationshintergrund" lachte er.

„Ich bräuchte eigentlich auch schon einen. Wenn ihr wüsstet was ich heute schon wieder alles erlebt habe." Franjo schüttelte lächelnd seinen Kopf.

„Es scheint, dass mir die Welt erst besoffen vorkommt, seit ich nicht mehr trinke" brachte Helge sich ein, der das Gespräch bisher stumm verfolgte. Helge hat es sich zur Aufgabe gemacht, alle für ihn wichtigen Ereignisse im Ort, fotografisch zu dokumentieren und seinen in ganz Europa verstreuten Freunden, mit unterlegten Texten, zur Verfügung zu stellen. Das Geschehen sollte möglichst nicht vor zehn Uhr morgens stattfinden, da er ein leidenschaftlicher Langschläfer ist.

„Kopf hoch. Freue Dich, dass Du lebst und vor allem, dass Du hier leben und arbeiten darfst. Keine Erdbeben, Vulkanausbrüche, Monsun und noch keine Dürre. Du nimmst doch sonst alles mit Humor."

„Das sage mal ein paar von den satten Einwohnern hier. Vor lauter Langeweile suchen die nur nach nicht vorhandenen Problemen. Grauenvoll. Ich muss mal weiter. Euch einen schönen Tag!" Er startete den Paketwagen und rollte weiter Richtung Casablanca.

Währenddessen nahm der Barista Klaas eine Bestellung von einem Paar entgegen. "Oh, Cappuccino - der ist aber teuer! Nee, danke" flötete die Frau. „Die Schokolade ist aber auch sehr teuer!" Klaas schaute zu Helge. Es war nicht schwer, sich auszumalen, was er dachte. „Wir nehmen dann lieber zwei Kaffee, bitte."

„Es ist schon erstaunlich, wie viele Menschen gänzlich humorbefreit unterwegs sind" wunderte sich York. „Morgens, nach dem sechs Uhr dreißig schwimmen, sitze ich gerne auf der Promenade und schlürfe einen heißen Kaffee. Gerne auch in Begleitung. Ab sieben ist ja der Stadtbäcker am Bahnhof schon geöffnet. Jeden Tag ist dort ein Arbeiter unterwegs, der die Promenade fegt und die Mülleimer leert. Ein an sich ehrenwerter, wichtiger Job, wenn man ihn denn gerne macht. Den ganzen Sommer über habe ich ihn nur mit schlechter Laune seine Arbeiten verrichten sehen. Er führt Selbstgespräche und schimpft über alles und jeden. Deshalb wurde er irgendwann auf den Namen Muffel getauft. Diesem Namen macht er alle Ehre. Ich habe selten einen Menschen gesehen, der so unzufrieden mit sich und der Welt ist. Traurig."

„Der braucht wohl unbedingt mal einen Energydrink" lachte Dildo. Ich habe heute Morgen zum Beispiel aus Versehen Kaffee mit einem Energydrink, statt mit Wasser gekocht. Nach zwanzig Minuten auf der Autobahn fiel mir auf: Auto vergessen !" Er lachte herzhaft.

Die beiden Kaffee wurden serviert und waren schon einen Moment später ausgetrunken. „Zahlen bitte" wendete die Frau sich an Klaas. „Übrigens, das war der schlechteste Kaffee, den wir je getrunken haben" echauffierte sie sich laut und schob dabei ihre Unterlippe vor.

Die Gespräche auf den Stühlen erstarben abrupt. Klaas rollte kaum sichtbar mit den Augen. „Wissen Sie, betrachten Sie sich als eingeladen, aber verschwinden Sie bitte sofort und beehren Sie in Zukunft nur noch meine Mitbewerber."

„Auf diese Art von Gästen kann man liebend gerne verzichten" stimmte ihm York zu. „Leider wächst diese Spezies überproportional. Die hatten ja beide keine Gravitation. Zum Glück kann man sich seinen Umgang aussuchen."

„Ach Leute" stöhnte Annika, die nette Verkäuferin vom Eisladen, der wenige Schritte weiter, neben Blumen Dziomba, zu finden ist. "Mein Fotzenapparat ist kaputt!"

Claus rang nach Luft. „Dein was ??"

"Na, der frozen Kaltgerät!"

"Ach, Du meinst Deine Eismaschine..!?" Claus lachte erleichtert auf, nachdem Annika nickte.

„Da muss etwas Steck festen. Du weißt was ich meine?"

„Ich vermute, Du meinst feststecken. Ich kann mir das gerne mal anschauen." Sprach es aus und stand gleich auf.

„Schau einmal York. Dort wird ein Prikör Gassi geführt." Dildo wies mit dem Kopf in eine Richtung.

„Ein was?"

„Ein Prikör ist eine spezielle Hunderasse. Kennst Du die nicht? Ein Priwallköter" erläuterte er mit breitem Grinsen. „Prosit!"

Yorks Handy läutete.

---

009
_____

Auf seinem Smartphone wurde das Foto von Giulio, einem langjährigen Freund und italienischer Bergführer angezeigt. „Pronto!" meldete sich York, was im italienischen für ‚ich bin Gesprächsbereit' steht. Mit Giulio hatte York jahrelang im Winter eng zusammengearbeitet. Unzählige Flüge mit dem Hubschrauber, in Höhen über viertausend Meter und stundenlangen Skiabfahrten, im ungesicherten, tief verschneitem Gelände. Freeskiing vom Feinsten. Immer am Rande des Limits. Mit Giulio, ebenso mit seinem Kollegen Abele Blanc, einem Extrembergsteiger, der als zwanzigster Mensch überhaupt, alle vierzehn Achttausender ohne Sauerstoff bestiegen hat, verband ihn eine tiefgehende Freundschaft, wie sie nur durch diese intensiven Erlebnisse entstehen konnte. „Come stei ?"

Da York nicht perfekt italienisch sprechen konnte, wechselte Giulio aus praktischen Gründen recht schnell in die englische Sprache. Er wollte sichergehen, dass York alle Informationen von ihm richtig aufnahm. Das Gespräch dauerte über zwanzig Minuten. Es gab einen mysteriösen Todesfall im Mt. Blanc Massiv. Es handelte sich um einen italienischen Staatsbürger und ehemaligen Kollegen. Dieser war nun allerdings in Travemünde gemeldet – unter dem Namen Marcello Rapo. Giulio ist zwar kein Polizist, aber er gehörte zu der Seilschaft als Mountainguide, die den Toten geborgen hatte. Nun zapfte er seine Kontakte zu York nach Travemünde an, um vielleicht ein wenig Licht ins Dunkle zu bringen. Darüber hinaus regte er in diesem Zusammenhang einen Besuch im schönen Aostatal an.

York versprach, sich ein wenig um zu hören und sich wieder zu melden. Nachdem beide noch ein paar Wünsche an die Familie ausgerichtet hatten, verabschiedeten sie sich. Nachdenklich beendete York das Gespräch.

„Oh, oh" sagte der XO, der bei seiner Rückkehr von Annika gerade noch wahrnahm, dass sich York, wenn auch leicht, an seiner Narbe im Gesicht kratzte. „Das bedeutet nichts gutes" murmelte er.

York nahm es trotzdem wahr und winkte entspannt ab. Seine Gedanken schweiften zu Stina ab. Nachdem sie vor Jahren einen etwas holprigen Start hingelegt hatten, an den er sich gerne erinnerte, war ihre Beziehung mittlerweile sehr stabil.

Für Außenstehende erschloss sich dies nicht immer sofort. Vor allem auf ihrer Dienststelle gab es noch den einen oder anderen Kollegen, der sich mit der Beziehung richtig schwertat. Für sie beide kein Problem. Beide genossen ihre Zweisamkeit und wussten, was sie aneinander hatten. Für York war es nach einigen losen Affären, die erste und engste Partnerschaft überhaupt. Von Haus aus, hielt er viel auf seine Freiheit. Stina war klug genug, sie ihm zu gewähren. Heute Abend waren sie im Kleinen Winkler auf eine frische ‚Sommerbrise' verabredet, obwohl normalerweise der Montag Ruhetag ist. Der Käseteller oder noch besser der Flammkuchen Birne-Gorgonzola, sind die ideale Ergänzung dazu. Dagmar, die Chefin des Weinlokals hatte eingeladen. York freute sich jetzt schon darauf.

Jetzt standen erst einmal drei Gespräche an. Er griff zu seinem Handy und rief als erstes einen alten Freund mit einem ausgezeichneten Netzwerk an. Daniell Holter konnte beinahe alle Informationen beschaffen. Wenn nicht durch offizielle Kanäle, dann hackte er sich in die Datenbanken ein, welche die gesuchte Information enthielten. Dabei verwischte er sämtliche Spuren, die zu ihm zurück verfolgbar waren. Meistens merkten die Privatpersonen, Unternehmen oder Behörden überhaupt nicht, dass sie angezapft worden waren.

## 010

Währenddessen sich Malte bei Blumen Dziomba ein tolles Blumenarrangement zusammenstellen ließ, stritt Stina mit Hans darüber, warum sie York nicht in diesen Fall mit einbeziehen wollte – im Gegensatz zu Hans.

„Siehe doch einmal die praktische Seite für uns. Dein" er betonte das Wort extra, „Dein York ist dort bestens vernetzt und kann uns vielleicht eine wertvolle Hilfe sein!"

„Du verstehst es einfach nicht, Hans! York ist Zivilist und das soll auch so bleiben. Unabhängig davon, dass er mein Lebenspartner ist. Er hat schon so manches mal für uns seinen Kopf hingehalten und es schmeckt mir gar nicht, dass er sich hierdurch in Gefahr begeben hat. Die Italiener schreiben auch nichts von einem Gewaltverbrechen. Ergo, da gibt es wohl auch nichts zu ermitteln. Wo kein Fall, da gibt es auch keine Ermittlungen. Wird es ein Fall und wenn wir das nicht alleine klären können, dann sollten wir den Beruf aufgeben. Über ein internationales Netzwerk verfügen wir auch. Dann müssen wir darauf zurückgreifen..."

In Gedanken hörte sie ihre eigene Stimme: „Auch wenn York über unglaubliche Verbindungen verfügt und es für uns vielleicht mehr Arbeit bedeutet" beendete Stina den Satz still.

„Warum sollen..."

„Schluss jetzt! Noch einmal zum mit schreiben Hans: York ist Z I V I L I S T !" POK Stina Wallisons funkelte ihren Kollegen an. „Auch wenn ich es Dir nicht gerne sage, aber als unmittelbare Dienstvorgesetzte, untersage ich Dir hiermit jegliche Aktivitäten, welche auch nur im Ansatz York in diese Sache mit hineinziehen. Habe ich mich da klar und deutlich ausgedrückt?"

Hans schoss das Blut in den Kopf. Er schluckte und stieß trotzig hervor: „Du bist so eine taffe Kollegin, aber bei diesem York bist Du vollkommen neben der Spur. Wenn ich..."

„Hast Du aber nicht !" schnitt sie ihm das Wort ab. Im gleichen Moment klingelte ihr Handy. Sie warf einen Blick drauf. York.

Augenblicklich wurden ihre angespannten Züge weich.

Travemünde
Fr-03.Aug-2018

*"Und schließlich gibt es das älteste und tiefste Verlangen,
die große Flucht, dem Tod zu entrinnen."*
(J.R.R. Tolkien)

Jetzt zahlte sich seine Paranoia aus.
**Für eben solche Tage hatte Marcello ein Versteck außerhalb
seiner Wohnung angelegt. Mit Zugriff rund um die Uhr und
absolut unauffällig. Ein Gepäckschließfach im Strandbahnhof. Täglich fünfzehn Stunden wirkte dieser wie ausgestorben. Lediglich eine viertel Stunde vor den An- und zehn
Minuten nach den Abfahrtzeiten, gibt es dort Betriebsamkeit, im Stundentakt. Nachts bewegte sich dort überhaupt
nichts. Allenfalls eine verirrte Katze. Für ihn ideal.**

**Nachdem ihn der Fischer im Fischereihafen abgesetzt hatte,
schlüpfte er für ein paar Tage bei einer guten Bekannten im
Steenkamp unter. Niemand wusste, dass Marcello sich mit
Ella, ab und an, zusammen ein wenig die Zeit vertrieben. Ihr
konnte er vertrauen. Okay, sie war ein wenig schusselig, aber
Sie hielt dicht. So blieb er von der Bildfläche verschwunden
und konnte in Ruhe einen Plan entwickeln. Klar war ihm,
hier in Deutschland konnte er nicht mehr bleiben. Er hoffte,
dass seine Häscher davon ausgingen, ihn erledigt zu haben.
Dennoch, sicher konnte er sich nicht sein.**

**Sein Plan sah vor, dass er wieder in die italienische Monte
Bianco Region ging, wo er lange gearbeitet hatte. Dort kannte er sich bestens aus und einige Freunde lebten dort ebenfalls noch. Fremde, die dort viele Fragen stellen, fielen sofort
auf. Ganz anders verhielt sich das in seiner alten Heimatstadt
Milano in der Lombardei. Mit über eins Komma drei Millionen Einwohnern, ist es die zweitgrößte Stadt Italiens. Im**

gesamten Ballungsgebiet zählte man über sieben Millionen Menschen. Der Gedanke war verlockend, in der schieren Masse unterzutauchen, allerdings galt dies auch für seine Verfolger, Sie besaßen ein großes Netzwerk und wären dort ebenfalls unsichtbar. Deshalb sollte es der kleine Ort La Salle, zwischen Aosta und Courmayeur, werden.

Ella räumte sein Schließfach am Bahnhof leer. Somit besaß er Bargeld in Höhe von sechzigtausend Euro und viel wichtiger, einen neuen Pass. Ab jetzt hieß er vorläufig Raffaelo Mapo. Mit mehr als zehntausend Euro in bar über Grenzen zu fahren, ist nicht ungefährlich. Es blieb immer eine Minimalchance, dass ein übereifriger Zöllner seinen PKW filzte. Wenn man in den behördlichen Mühlen einmal darin steckte, dann bohrten die Zöllner immer weiter. Ein Risiko durfte Marcello bzw. nun Raffaelo, dabei nicht eingehen. Außerdem besaß er noch genügend Geld auf zwei Schweizer Bankkonten. Seine Rente.

Ella kaufte bei einem großen Lübecker Autohändler, einen gebrauchten, schwarzen und zwei Jahre alten Audi A6 3.0 TDi. Unauffällig, zuverlässig und schnell. Für ihn waren dies gut angelegte neununddreißigtausend Euro. Für rund weitere eintausend Euro, kaufte sie ihm noch zwei lässige Garituren bei Matzen und Fritid, zum Anziehen, eine unauffällige Reisetasche sowie ein einfaches Prepaid Handy.

Seine Nervosität hatte sich in den letzten Stunden gelegt. Dankbar drückte er Ella an sich und steckte ihr diskret ein ganzes Bündel von fünfzig Euroscheinen in die Manteltasche. Sauberes Geld natürlich. Somit blieben ihm noch zehntausend Euro ,Handgeld'. Passend!

„Werden wir uns noch einmal Wiedersehen?" fragte Ella leise und konnte die Antwort in seinen Augen lesen.

Marcello antwortete nicht. Er drückte sie noch einmal herzlich, nahm seine Reisetasche und verließ ohne weitere Worte zu verlieren die Wohnung.

Das kraftvolle Motorengeräusch des Audi A6 durchströmte seinen Körper gleichermaßen und mit einem Mal fühlte sich wieder alles leichter an. Sein dunkles Cappy schirmte sein Gesicht soweit ab, dass ihn im Auto niemand erkennen sollte. Daher gestattete er sich eine letzte Rundfahrt durch sein geliebtes Travemünde und bog vom Steenkamp links ab in Richtung Strandbahnhof, rollte durch die Außenallee und warf einen letzten Blick auf die Ostsee. Die Strandpromenade war gut besucht. Im Hintergrund machte er eine auslaufende, blaue Fähre aus. Sicher eine Finnlines, mutmaßte Marcello und blickte ihr wehmütig hinterher. Diese einmalige Szenerie würde ihm fehlen.

Er erschrak. Hinter ihm hupte ein schwarzer Smart. Unbemerkt hatte er den Fuß vom Gaspedal genommen. Mit einem Blick auf den Tacho, stellte er fest, dass seine Geschwindigkeit nur noch knapp zwanzig Stundenkilometer betrug. Kein Wunder, warum der nachfolgende Fahrer genervt war. Eine entschuldigende Geste mit der rechten Hand sowie einem kurzen Druck auf das Gaspedal, beschleunigten seinen Wagen sofort auf Tempo fünfzig. Dabei fiel sein Blick auf eine orangefarbene Warnleuchte. „Scheiße" fluchte er laut. Der Wagen fuhr bereits im Reservemodus. Die Digitalanzeige errechnete ihm noch Sprit für maximal fünfzehn Kilometer. Ella hatte tatsächlich vergessen, den Wagen aufzutanken!

Somit blieb ihm nichts anderes übrig, als die nächste Tankstelle anzusteuern. Die ARAL im Gneversdorfer Weg. Um den Aufenthalt so kurz wie möglich zu gestalten, tankte Marcello nur für vierzig Euro. Auf der A1 wischen Lübeck und Hamburg konnte er den Tank in Ruhe auffüllen. Im Kassenraum befanden sich neben dem Kassierer keine weiteren Personen. Der ganze Tankstopp dauerte nicht länger als vier Minuten. Lediglich, als er im Begriff war einzusteigen, nahm er einen schwarzen Smart auf dem Betriebsgrundstück wahr, an dem eine junge Frau offensichtlich den Reifendruck überprüfte.

Marcello beachtete die Szene jedoch nicht weiter. Er hatte wichtigeres im Kopf.

Zufrieden setzte er seine Fahrt fort.

# 012

*„Man fällt nicht über die eigenen Fehler. Man fällt immer über seine Feinde, die diese Fehler ausnutzen. "*
*(Kurt Tucholsky)*

Nur für einen Moment wirkte sie erschrocken, da alles Blut aus ihrem Gesicht entwich. Ihr Gefühl hatte sie wieder einmal nicht getrogen. Ihr Zielobjekt lebte tatsächlich noch und tankte, nur zehn Meter entfernt, entspannt seinen Wagen. Sie musste sofort handeln.

Eigentlich war sie, trotz Mangel an einem sichtbaren Beweis, schon wieder aus Travemünde weg, wenn Ihr Auto keinen Defekt an der Motoreinspritzung gehabt hätte. Grundsätzlich erledigte das Chamäleon ihren Auftrag und verschwand sofort danach, spurlos. In diesem Fall musste sie noch bis Samstag auf die Reparatur ihres gemieteten BMW warten. Einer Eingebung folgend, entschloss sie sich, noch die paar Tage in Travemünde zu verbringen. Der freundliche Betreiber der freien Werkstatt, überließ ihr solange einen Smart, sodass sie wenigstens beweglich war.

Kurzfristig checkte sie unter dem falschen Namen Iwona Schumann, in dem Stadthotel Soldwisch ein. Zwei Tage später entdeckte sie das schnuckelige Cafe Lichtblick in der Vorderreihe, wo es Streuselkuchen gab, genauso, wie in ihren wenigen, glücklichen Kindheitserinnerungen. Dies setzte unverhofft Glückshormone in ihr frei, wie sie es seit beinahe zwei Jahrzehnten nicht mehr erlebt hatte.

Dies war sicher auch einer der Gründe, dass sie es zuließ, von einem Mann namens Henne angesprochen zu werden, der anschließend mit ihr zusammen ins Winkler wechselte. Der Abend gestaltete sich abwechslungsreich. Obwohl sie so gut wie nie Alkohol zu sich nahm, schmeckte ihr der Wein Sommerbrise ausgezeichnet. Nebenher teilten sich beide einen leckeren Flammkuchen mit Birne-Gorgonzola und eine zweite Flasche wurde bereits gereicht. ‚Iwona' war zu diesem Zeitpunkt nicht abgeneigt, ihren kleinen Flirt zu einer heißen Nacht auszubauen, als sie sich plötzlich nur noch auf das Gespräch am Nachbartisch konzentrierte. Ihren Gesprächspartner bedachte sie während dessen mit einem gelegentlichen Nicken.

Nebenan erzählte gerade ein älterer Herr über einen Fischer, der angeblich am letzten Dienstag oder Mittwoch, einen Menschen aus der Trave gefischt hatte. Bis zu diesem Punkt hoffte ‚Iwona' noch, dass es sich um einen Toten handelte. Diese Hoffnung zersprang augenblicklich in tausend Stücke, als er weiter ausführte, dass der Fischer den Menschen in der Nacht, im letzten Augenblick vor einer der großen TT-Line aus dem Wasser zerrte. „Anglerlatein natürlich" lachte er. „Über so etwas hätten die Medien schon lange ausführlich berichtet. Gerüchte halt."

‚Iwona' hörte nicht mehr hin. Sie hatte genug gehört. In weniger als einer Minute schaffte sie es, sich von ihrer perplexen Begleitung zu verabschieden. Als sie durch den Ausgang schritt, hatte sich ‚Iwona' schon wieder verwandelt. Der Jagdinstinkt des Chamäleons war schlagartig geweckt.

Nun hatte sie ihr Zielobjekt direkt vor der Nase. Allerdings konnte sie ihn nicht hier auf der Tankstelle eliminieren. Viel Zeit blieb nicht. Sie schaffte es gerade noch, unbemerkt einen GPS Sender neuester Generation an den Audi anzubringen. So konnte ihr das Zielobjekt nicht entwischen, obwohl Distanzen von beinahe unbegrenzten Kilometern, zwischen Sender und Empfänger liegen konnten. Dennoch plante das Chamäleon, ihm dicht auf den Fersen zu bleiben, um die erstbeste Chance zu nutzen.

Kurz nachdem der Audi die Tankstelle verlassen hatte, nahm sie die Verfolgung auf. Per SMS setzte sie nebenbei einen, für den Empfänger sowie für den Absender, unangenehmen, verschlüsselten Text ab.

Unterdessen registrierte sie mit Unbehagen, dass der Abstand zwischen ihr und dem Verfolgten, stetig wuchs. Auf der Autobahn schaffte ihr Wagen gerade mal eben einhundertfünfzig Stundenkilometer und der Audi sicher einhundert mehr. Einen Wagenwechsel kostete zu viel Zeit und vor allem, zu viele mögliche, vertane Chancen. So blieb vorerst nur der Smart. Wenigstens zeigte ihre Tankanzeige einen vollen Tank an.

Beunruhigter zeigte sich das Chamäleon nur über ihre bisher unbekannte Nervosität. Ein Kribbeln im Hals. Ein Zucken am Augenlid. Offensichtlich wurde sie zu ‚Alt' für diesen Job, aber zu Ende bringen musste sie es. Um ihres eigenen Lebens willen und um ihren eigenen Anspruch gerecht zu werden. Hiernach würde sie aussteigen. Geld hatte sie genug.

Auf ihrem elektronischen Display blinkte der Sender nun beständig an einem Ort. Autohof Moorfleet las sie ab. Kein Stau bis dorthin. Die berechnete Zeit bis zum Ziel betrug acht Minuten und dreißig Sekunden.

„Na also. Da habe ich dich doch gleich" freute sie sich.

HH-Volksdorf

*„Sei Du selbst die Veränderung, die Du Dir wünschst für diese Welt."* *(Mahatma Gandhi)*

Wütend schleuderte der Clanchef der Sappa Group, sein Gin Tonic Glas an die Terrassenmauer, der großzügigen und streng abgeschotteten Villa in Hamburg Volksdorf. Seine dunklen Augen versprühten einen unbändigen Zorn. Unter seinem maßgeschneiderten Anzug konnte man erahnen, dass der Träger einen durchtrainierten Körper besaß. „Wieso lebt diese Wanze noch und warum ist das Objekt noch nicht clean ?!"

Immer wenn Dr. Mario Sappa, von seinen Freunden und Feinden auch ‚Super Mario' genannt, einen seiner wenigen cholerischen Anfälle bekam, tropfte Speichel aus seinem linken Mundwinkel. Insgeheim hasste er sich dafür. ‚Super Mario' mit Speichelfluss. Na toll ! Zumal, im Grunde seines Selbstbildnisses, empfand er sich durchaus als super cool. Nur eben nicht immer. So, wie jetzt.

Seine Logenbrüder, der Hamburger Freimaurervereinigung, kannten diese Seite ebenso wenig. Vor elf Jahren Jahren kam Sappa mit den Freimaurern durch Zufall in Berührung und konnte sich sofort mit den humanitären Verhaltensempfeh-lungen anfreunden, welche vor allem nicht im Gegensatz, zu seinem christlichen Glauben standen. Schließlich war er als Italiener traditionell katholisch erzogen.

Hier spürte er sofort, dass er sich reinigen konnte, eine Art Erlösung finden würde, hin zu einem wertvolleren Menschen in der Gesellschaft. Die Freimaurer sind eine verbreitete Vereinigung, die unter Achtung der Würde des Menschen, für Toleranz, freie Entwicklung der Persönlichkeit, Brüder-lichkeit und allgemeine Menschenliebe eintritt und mittels

Aufklärung versucht, den Erkenntnisprozess voranzubringen. Weg von überkommenen Vorurteilen, Traditionen, Konventionen und zum Beispiel Dogmen. Obwohl Sappa diese Art Ethikschule mit diversen Gelöbnissen durchlief, er war inzwischen Meister im siebten Grad, ein Ritter vom Aufgang der Sonne in Osten und Jerusalem, musste er sich mittlerweile eingestehen, dass er sich und seine Persönlichkeitsentwicklung überschätzt hatte.

Seine Gedanken rasten. „Wieso erfahre ich davon erst jetzt?" Nicht zum ersten Mal hatte er das Gefühl, dass er die Fäden nicht mehr alle in der Hand hielt. Ihm die Kontrolle entglitt. Sorglosigkeit und Schlamperei breitete sich im Geflecht aus. Da musste sich dringend etwas ändern. Köpfe würden rollen. Morgen. Vorerst gab es nun wichtigeres zu tun. „Wie müssen schnellstens in den Shop von Marcello, um jegliche Spuren aus dem Hinterzimmer zu vernichten, falls es nicht schon zu spät ist" herrschte er seinen zweiundzwanzigjährigen Neffen Jimmy an. „Die Polizei darf dort keine, aber auch keine Spuren finden!"

Eindringlich sah er seinen Neffen an. „Das Ganze hat sich schon viel zu lange hingezogen. Du hast mir versichert, dass wir uns mit ihr, die Dienste eine der Besten ihres Faches gesichert haben. Ich hätte nicht auf Dich hören und mich der bewährten Dienste aus Sizilien bedienen sollen. Schnappe Dir noch Gianfranco und klart den Laden auf. Bei der Gelegenheit überprüft bitte im Anschluss auf der Werft, ob die Edelstahlarbeiten auf dem Schiff erledigt sind und ob die Halterung für den Jetski angebracht wurden." Jetzt klang seine Stimme wieder versöhnlicher.

Jimmy nickte erleichtert, da er schon schlimmeres befürchtete und machte sich sofort auf den Weg.

Der Motor des großen acht Zylinder AMG, blubberte schon im Leerlauf mächtig und als Jimmy, nach der Öffnung des elektrischen Tores vom Grundstück fuhr, entfaltete sich die ganze Kraft, der beinahe sechshundert PS mit einem dumpfen Dröhnen.

Dr. Sappa fragte sich nicht zum ersten Mal, warum er seinem zweiundzwanzigjährigen Volltrottel, was sein Neffe letztendlich ist, diesen Luxuswagen zur Seite gestellt hatte.

Er würde das korrigieren.

Und wie stand es um ihn? Wann war er selbst von seinem Weg der Erkenntnis abgekommen? Dr. Sappa schaute in den großen Ankleidespiegel im Flur.

Was er sah, gefiel ihm nicht wirklich.

## 014

La Salle, AO-Italien
Sa-04.Aug.

Sein Tank füllte sich dank modernster Technik erstaunlich schnell. Rasch entschied sich Marcello für zwei große Flaschen Wasser, vier Tafeln Schokolade und ein Magnum Joghurteis.

Beschwingt schwang er sich in seinen Wagen und steuerte die Auffahrt der A1 an, fädelte sich in den fließenden Verkehr ein und beschleunigte auf weit über zweihundert Stundenkilometer. Es galt für ihn, so viel als möglich, Distanz zwischen Travemünde und ihm zu schaffen. Jeder Kilometer gab ihm zunehmende Sicherheit. Lebenssicherheit.

Zu seinem Glück bremste ihn kein Stau aus, sodass sein nächster Tankstopp kurz vor Basel stattfand. Achthundert Kilometer in knapp fünf Stunden! Dank des bequemen Fahrzeugs verspürte er keinerlei Müdigkeit. In der Schweiz hielt er sich penibel an die Geschwindigkeitsbegrenzungen und auf der schweizer Autobahn A9, oberhalb von Montreux, lenkte er seinen Audi auf einen kleinen Parkplatz, von dem er über den Genfer See schauen und beinahe die ganze Stadt überblicken konnte. Im Hintergrund erhoben sich die ersten Berge der französischen Alpen.

Nach einigen Minuten lenkte er seinen Wagen in die Stadt, zum Hotel Fairmont Le Montreux Palace, was am Ufer des Genfer Sees mit einem imposanten Blick auf den See liegt. Von der Tiefgarage aus nahm er den Lift, direkt zur Rezeption. Dank booking.com, war bereits alles auf seinen falschen Namen Raphaello Mapo vorbereitet und so saß Marcello nach zehn Minuten bereits auf der Terrasse des Hotels und schlürfte in der Abendsonne einen geeisten Gin Tonic.

Lange gestattete er sich diese Ruhephase nicht. Normalerweise besuchte er bei seinen wenigen Besuchen in dieser schönen Stadt, das in der Nähe liegende Schloss Chillon aus dem zwölften Jahrhundert, welches auf einer Felseninsel thront. Diesmal gönnte er sich die Zeit nicht. Eine unerklärliche Unruhe hatte ihn seit Hamburg Moorfleet erfasst, die sich nicht abschütteln ließ.

Mit Hilfe einer Schlaftablette schaffte er es, gegen dreiundzwanzig Uhr einzuschlafen, sieben Stunden durchzuschlafen und so fühlte er sich am anderen Morgen, wie ausgewechselt. Kurz vor dem auf sechs Uhr eingestellten Weckruf, wachte Marcello auf und nahm, nach einer ausgiebigen heißen Dusche, ein leckeres Omlettefrühstück mit dampfenden, schwarzen Kaffee ein. Sein Blick glitt dabei über den See, der noch von dünnen Nebelschwaden überzogen war. Malerisch.

„Das Leben kann so schön sein" sinnierte er.

Entspannt fädelte er sich wieder mit dem Wagen auf die A9, Richtung Martigny ein. Hiernach ging es den Großen San Bernadopass hinauf. In langgezogenen Serpentinen schlängelte sich die Alpenstraße zur italienischen Grenze. Der Pass verbindet die Walliser Alpen mit dem italienischen Aostatal und führt auf eine Höhe von zweitausendvierhundertneunundsechzig Meter über Null. Kurz hinter Martigny erfasste ihn wieder eine unerklärliche Nervosität, was sich auf seinen Gasfuß übertrug. Mit sportlichem Tempo erklomm der starke Audi, den fast autofreien Pass. Er hatte es nie so richtig verstanden, dass diese schöne Passtrasse nicht so stark frequentiert wurde. An der Maut mit knapp achtundzwanzig Euro konnte es nicht liegen, da der Mt. Blanc Tunnel mit beinahe fünfundvierzig Euro viel teurer zu bezahlen war. Heute kam ihm dieser Umstand natürlich entgegen.

Nach dem Grenzübertritt rollte der Wagen die gewonnene Höhe wieder hinunter, zur Stadt Aosta. An der Lage dieser Stadt und diesem langgezogenen Tal, hatten damals schon die Römer Gefallen gefunden und viele noch erhaltene Bauten, prägen weiterhin diese Region. Auch kulinarisch ist das Aostatal mit seinen hervorragenden Formaggio und Camoscio Produkten, eine Reise wert. Marcello lief bei den Gedanken an Toma- und Fontinakäse, hergestellt aus frischer Almmilch, den Wurstwaren mit dem Geschmack von Bergkräutern, wie dem leckeren Motzetta, was aus luftgeräucherten, hauchdünnen, geschnittenen Rind-, Gämsen-, Hirsch- oder Wildschweinfleisch bestand, das Wasser im Munde zusammen. Ganz zu schweigen vom Lard d' Arnad, dem Bergkräuterspeck, welcher einen Reifeprozeß nach einem antiken Verfahren durchläuft. „Dazu einen Blanc de Morgex et de La Salle, ein DOC-Wein aus der Umgebung" murmelte er „und danach einen ordentlichen Génépy, den Kräuterlikör, wie es ihn nur hier gibt." Marcellos Gesichtszüge wurden angesichts der kulinarischen Aussichten beseelt.

Noch in Gedanken, berauscht an den besonderen Genüssen des Tales, rollte er schon nach La Salle hinein. Es war gerade einmal zehn Uhr dreißig. „Sie haben ihr Ziel erreicht" sagte die weibliche Stimme aus dem Navigationsgerät. Eigentlich hätte es keines Navigationsgerätes bedurft, denn er kannte ab Montreux jeden Ort und beinahe jede Straße. In der kleinen Bar an der Hauptstraße, traf er sich mit seinem alten Freund Mario, welcher ihn schon erwartete.

„Hier hast Du Deinen Schlüssel für die kleine Wohnung neben der Bank. Dort kannst Du erst einmal so lange bleiben, wie Du möchtest. Ich brauche die vor Ende April nicht wieder. Dort schlafen sonst nur meine Erntehelfer von Mai bis August."

Dankbar nahm Marcello den Schlüssel entgegen. Nach zwei kleinen Begrüßungsrotweinen verabschiedete er sich. Sie verabredeten sich für morgen, um über alte und neue Zeiten zu quatschen. Seine paar Habseligkeiten waren schnell verstaut. Ein Blick in den Kühlschrank bestätigte, was er ohnehin schon wusste: Leer. Darum beschloss er, dem nahen Supermarkt einen Besuch abzustatten.

Käse, Gämsenmotzetta, Brot, Mineralwasser sowie zwei Flaschen guten Rotwein und fehlende Badutensilien waren schnell im Einkaufswagen. An der Kasse zahlte er in bar. Um zur Tankstelle zu gelangen, musste er noch über den Kreisel fahren. Bei der Zufahrt kam ihm ein schwarzer Smart entgegen. Zufällig fiel sein Blick auf das Kennzeichen. Einem elektrischen Schlag gleich, ohne Verbrennungen zu erleiden, durchzuckte es seinen Körper.

Entsetzt registrierte Marcello, dass es nicht nur ein deutsches Kennzeichen, sondern auch ein Lübecker war: HL !!

Beim vorbei fahren erhaschte er einen Blick, auf eine in schwarz gekleidete Frau, die sich offensichtlich nicht weiter für ihn interessierte. Trotzdem waren alle seine Alarmglocken auf einmal angesprungen. Es handelte sich eindeutig um den schwarzen Smart, den er schon in Travemünde wahrgenommen hatte. Das konnte kein Zufall sein!

„Doch wie hatten sie es angestellt ?" fragte er sich verwundert. Sie konnten eigentlich sein Auto nicht kennen. Überall hatte er in bar bezahlt. Mit falschem Namen eingecheckt. Seinem Audi und seiner hohen Geschwindigkeit konnte der Kleinwagen unmöglich gefolgt sein. Trotzdem war er definitiv hier. Es sei denn…

Es sei denn, sie hatten seinen Wagen, entgegen jeder vernünftigen Erklärung mit einem Peilsender ausgestattet. Nur wo und wann? Es sprach für Sie, dass sie es geschafft hatten. Dies zeigte einmal mehr, ihre Gefährlichkeit.

Zeit, um noch einmal in seine gerade erst bezogene Wohnung zu fahren, hatte er nicht mehr. Den falschen Pass und sein Bargeld trug er am Mann. Entschlossen folgte Marcello seinem ersten Impuls, nahm wieder die dritte Ausfahrt und brauste so schnell, wie es gerade noch zu vertreten war, die SS26 nach Courmayeur. Die Steigungen würden seinem Plan den notwendigen Vorsprung verschaffen.

Vom Auto aus telefonierte er mit seinem ehemaligen Kollegen Ludovico. Dieser betrieb an der Seilbahnstation Val Veny einen Skiverleih. Dort angekommen, sprang er förmlich aus dem Wagen und begab sich rasch in den Shop.

„Buon giorno" begrüßte er Ludovico.

„Buon giorno, Martin Pescatoro" (*was Eisvogel bedeutet*), erwiderte dieser herzlich. „Schön Dich nach so langer Zeit einmal wiederzusehen. Du hast Glück. Deine Daten sind hier sogar jetzt noch gespeichert. Nach so vielen Jahren. Hier geht nichts verloren" freute er sich. „Handschuhe, Mütze und Socken sind im Rucksack. Magst Du..."

Marcello unterbrach ihn. „Scusa, ich habe es sehr eilig. Ein anderes Mal gerne. Sind achthundert genug?" Acht hundert Euroscheine legte er auf den Kassentresen, raffte die komplette Ausrüstung zusammen und wandte sich schon wieder dem Ausgang zu.

„Das ist doch zu viel. Du..." Verwundert blickte Ludovico seinem ehemaligen Kollegen nach.

Die Skiausrüstung nahm der Audi problemlos auf. Marcello fuhr nur fünfhundert Meter weiter zum Pontal d'Entrevès. Von hier aus startete die Skyway Seilbahn auf die italienische

Mt. Blanc Seite, hinauf zum Punta Hellbronner, in drei Sektionen auf dreitausendvierhundertsechsundsechzig Meter.

Das notwendigste hatte er schnell in den gerade erworbenen Rucksack gepackt. Dazu den Käse und Motzetta. Sein Blick fiel auf die beiden Rotweinflaschen. Donnas DOC, ein trockener sowie samtweicher Wein, der dem Barolo gleicht und unter Kennern, der ‚alpine Bruder des Barolo' genannt wird. Sein zögern war nur kurz. Eine Flasche dieses herrlichen Tropfens passte noch hinein. Genau der passende Schluck zum Käse.

Den Wagenschlüssel ließ er einfach im Kofferraum liegen. Der Audi war für ihn ohnehin verbrannt. Den Rucksack am Rücken, die Ski geschultert und die Skistiefel in der linken Hand, stand er vor der Kasse des, wie es in der Werbung treffend hieß: ‚Achten Weltwunder'.

„Una volta singoli, per favore."

Die Ticketverkäuferin musterte ihn ernst. "Eine Einzelfahrt? Sie kennen sich aus? Es hat gestern Nacht heftige Schneefälle gegeben. Die Schneedecke hat sich noch nicht richtig gesetzt. Aktuell zeigt die Lawinenwarnstufe noch drei plus von fünf!"

„Si" beruhigte er sie „ich bin ein ausgebildeter Mountainguide." Marcello klappte sein Revers um und deutete auf die Brosche seiner Zunft, welche er immer mit Stolz an seinen Jacken trug. Sichtbar wurde nun das Abzeichen der Società delle Guide di Courmayeur.

Das Gesicht der Dame hellte sich auf. „Sind Sie mit einem Klienten unterwegs?"

„Meine Klientin kommt noch nach" brummte er.

„Dann sparen Sie natürlich ihre neununddreißig Euro. Hier ist ihr Ticket. In zwei Minuten ist Abfahrt. Wenn Sie sich beeilen, dann kommen Sie noch mit." Die Ticketverkäuferin namens Isabella lächelte ihn an.

„Grazie" bedankte er sich und wandte sich ab. Als letzter Gast bestieg er die 360° Panoramagondel. Keine Spur einer Verfolgerin. Keine Spur einer Killerin. Derart erleichtert näherte sich sein Pulsschlag deutlich dem Ruhepuls.

Die Gondel war mit zehn Personen nur spärlich gefüllt, was sicher der Mittagszeit geschuldet war. Die meisten Touristen nahmen die Auffahrt gegen zehn Uhr in Angriff und hielten sich ein paar Stunden im Bergmassiv auf. Die Aussicht auf die vielen viertausender Berge genießend. Auf allen drei Sektionen gibt es Aussichtsplattformen, die faszinierende Blicke auf die umliegende Bergwelt freigeben. Allein die Bergfahrt mit dieser außergewöhnlichen Gondel ist schon spektakulär.

Mit jedem Höhenmeter gewann Marcello wieder Selbstvertrauen. Diese bizarre, lebensbedrohende und zu gleich atemberaubende Landschaft war seine Welt. Hier war er zuhause. Sein Heimvorteil. Er bezweifelte, dass seine Jäger ihm hierher folgen konnten und wenn, dann würden sie in dieser Schnee- und Eiswelt umkommen. Das stand fest.

Nicht sein Problem ! Der Eisvogel war zurück !

## 015

‚Iwona' Schumann, alias ‚das' Chamäleon, hatte kurz hinter Basel das GPS Signal des Audi verloren. Irgendwo in der Stadt Montreux. Da diese Sender sehr ausgereift waren, mutmaßte sie, dass ihr Zielobjekt in einer Tiefgarage eines alten

Hotels mit dicken Mauern eingecheckt hatte. Dort, wo keine Signalübertragung funktionierte. Ihr blieb somit nichts weiter übrig, als ebenfalls bis Montreux zu fahren und dort ein Hotelzimmer zu nehmen. Sie konnte essen, schlafen und brauchte nur abwarten.

In einem kleinen Hotel quartierte sie sich ein, bestellte sich eine Pizza Frutti di Mare und legte sich schon früh schlafen. Nicht ohne den Wecker auf fünf Uhr in der Frühe zu stellen. Sie wollte schon früh los, da sie ahnte, dass er nach Italien wollte. Die Fahrt würde ihn über Martigny führen. Dort wollte sie ihm, etwa drei Kilometer vor der Ortschaft, von einem Parkplatz aus, auflauern. Der Treibjagd ein Ende bereiten. Den Auftrag abschließen. Sie hoffte, dort auch einen schnelleren Wagen zu bekommen. Gegen sieben Uhr fünfzehn sprang das Signal wieder an. Etwa dreißig Minuten Zeit blieben ihr so noch. Einen Autovermieter konnte sie in den Morgenstunden nicht erreichen, sodass bis auf weiteres der Smart ihr Begleiter blieb. Fluchen half ihr auch nicht weiter. Daher versuchte sie es gar nicht erst.

Der kleine Autobahnparkplatz war um diese Zeit noch menschenleer und bot ausreichend Deckung sowie ein freies Schussfeld auf die Bahn. Perfekt. Die Autos konnte man, von einer leicht erhöhten Position, neunhundert Meter vorher ausmachen. Eine lange Zeit, um einen sicheren Schuss abzufeuern. Er konnte ihr nicht entkommen. Noch zirka zehn Minuten schätzte sie.

Die Waffe im Anschlag, überprüfte sie durch das Visier, die Schussbahn. Die Sonne stand günstig. Windstill. Sechs Fahrer, in verschiedenen Fahrzeugen mit unterschiedlichen Geschwindigkeiten, begleitete das Chamäleon so durch ihr Hensoldt Präzisionszielfernrohr. Über fünftausend Euro teuer und eineinhalb Kilogramm schwer. Plus die schwere Distanzwaffe. Wenn sie den Druckpunkt auch nur ein wenig stärker andrücken würde, dann wäre die Person im Fadenkreuz, innerhalb einer halben Sekunde tot und könnte sich nicht einmal mehr wundern oder Fragen, was passiert war.

Bumm - Tot. Bumm - Tot.

In Gedanken drückte sie ab. Sechsmal. Sechs absolut tödliche Treffer. Vierhundert Meter waren die perfekte Distanz. Zeit genug, um die richtige Person herauszufiltern, die äußeren Einflüsse und die Geschwindigkeit des Wagens zu berücksichtigen. Peng!

Allerdings war sie keine Mörderin. Eine Killerin, ja. Sie tötete nur im Auftrag. Aus beruflichen Gründen. Das war etwas ganz anderes. Sie nahm einen siebten PKW ins Visier, der gerade einen Transporter überholte. Ein Polizeiwagen. In Gedanken krümmte sie den Finger wieder weiter durch und hielt plötzlich inne. Der Kollege auf dem Beifahrersitz zeigte durch das geöffnete Fenster eine Polizeikelle und dirigierte den Transporter in Richtung Parkplatz.

Jetzt fluchte das Chamäleon doch. Gerade noch rechtzeitig schaffte sie es, sich und das Gewehr im Smart zu platzieren. Ein Blick in den Rückspiegel genügte, um zu sehen, dass sich die beiden Beamten nur für den Transporter interessierten. Aus den Augenwinkeln heraus, nahm sie den Audi wahr, welcher in diesem Moment am Parkplatz vorbeifuhr. Zwei Minuten fehlten ihr. Nur zwei Minuten. Für ihren Geschmack sollte das Zielobjekt nun sein Glück aufgebracht haben.

Rasch deckte sie das Gewehr mit einer Decke ab und nahm die Verfolgung auf. Natürlich hängte sie der Audi wieder ab, zumal der Anstieg des Großen St. Bernhard Pass für ihren Smart schon eine Herausforderung darstellte. In der Nacht hatte es geschneit und die Temperaturen fielen immer weiter ab, je weiter die Höhe zunahm. Auf zweitausend Meter Höhe zeigte die Außenthermometeranzeige Minus zwei Grad. Die Straße war allerdings schon vom Schnee befreit, sodass es kein Problem darstellte, nur mit Sommerreifen unterwegs zu sein. Hin und wieder slippten die Räder ein wenig. Feuchte Stellen, unter den Lawinenabschattungen, mussten angefroren sein. „Welcher Autofahrer ist im August mit Winterreifen unterwegs?" fragte sie sich. Gestern noch im Hochsommer und nun im alpinen ‚Winter' unterwegs. Eine komplett andere Klimaregion.

Das GPS Signal arbeitete zuverlässig und zeigte ihr Ziel bereits in der Stadt Aosta an, als der Smart gerade die kleine italienische Grenzstation passierte. Jetzt ging es alles wieder bergab. Höhenmeter für Höhenmeter, auf dreißig Kilometer Länge, bis auf nahezu sechshundert Meter hinunter. Der Smart schnurrte nun und die Verbrauchsanzeige zeigte auf diesem Teilstück nur knapp zwei Liter an.

Für die römische Architektur, wie das Roma Theatre oder dem massiven Porta Pretoria, in der schon vor über zweitausend Jahren von Kaiser Augustus TVM gegründeten Stadt, blieb dem Chamäleon keine Zeit.

Der blinkende rote Punkt bewegte sich seit zehn Minuten nicht mehr auf dem Navigationsgerät. La Salle hieß die kleine Ortschaft, unmittelbar daneben. In ihrem Kopf keimte Hoffnung auf. Eine Großstadt oder ein Dorf sind für eine verdeckte Aktion perfekt. In der Großstadt kann man sofort in der Masse abtauchen und auf dem Dorf fehlt es an Polizei. Gefährlicher erschienen ihr da die mittelgroßen Städte.

Gerade bewegte sich der Punkt wieder, nur um einen Kilometer weiter wieder einzufrieren. In der höchsten Auflösung zeigte das Gerät ‚Supermarket' an. „Vielleicht hatte er sein Ziel erreicht und kaufte nun Vorräte ein" schlussfolgerte sie. Schon vor erreichen La Salles scannte das Chamäleon die Umgebung und prägte sich möglichst alle Gegebenheiten ein. Dies war ein Routinevorgang. Seit der Ausbildung in Fleisch und Blut übergegangen. Genaue Kenntnisse der Umgebung konnten Überlebenswichtig werden.

Wieder setzte sich der rote Punkt in Bewegung und kam ihr jetzt sogar entgegen. Eine Begegnung war nun leider unvermeidbar. Sie verließ gerade den Straßenkreisel, in Richtung des Supermarket, da passierten sich beide Wagen. Scheinbar unbeteiligt fuhr sie am Audi vorbei. Natürlich beobachtete sie die Szenerie genauestens. Hatte er etwas bemerkt oder eine verräterische Geste gezeigt? An seinem Blick konnte sie in der Sekunde nichts erkennen. Ruhig setzte sie den Blinker und bog auf den Parkplatz zum Supermarket ein. Ein unauffälliger, schwarzer Smart, dessen Fahrerin scheinbar zum Einkaufen unterwegs war.

Sie stieg nicht aus, sondern überlegte, wie sie nun vorgehen wollte. Entkommen konnte er ihr nicht. Nicht dieser Amateur. Die Chance war groß, dass ihr Zielobjekt angekommen war oder sich für die nächste Zeit hier aufhalten wollte. Da musste sie nichts überstürzen und... - ups ! Das Chamäleon wurde abrupt aus ihren Gedankenspielen gerissen.

Der Audi fuhr gerade mit überhöhter Geschwindigkeit am Parkplatz vorbei. In seinem Gesicht spiegelte sich nun eindeutig Stress wider. Irgendetwas musste ihn misstrauisch gemacht haben. Das deutsche Autokennzeichen ! Kein Zweifel. Er musste das Lübecker Kennzeichen HL sofort erkannt und als Bedrohung wahrgenommen haben.

Jetzt lagen die Karten quasi offen auf dem Tisch. Die Jagd ging also weiter. Umgehend nahm sie die Verfolgung wieder auf. Ihr bisheriger Vorteil des Unsichtbaren war dahin und es stand zu befürchten, dass Marcello einem angeschossenen Reh gleich, unorthodoxe Fluchtrouten einschlug.

Nach fünf Minuten ging es wieder steil bergauf. Der Smart quittierte dies mit einem röhrenden Motor, was sich allerdings nicht auf das Tempo auswirkte. Die Distanz zum roten Punkt erhöhte sich wieder. Das Aostatal war in zehn Kilometern zu Ende. Das gigantische Montblanc-Massiv schloss das Tal zu diesem Ende hin ab. Bis neunzehnhundertfünfundsechzig. Nach sechs Jahren Bauzeit wurde dann der elf Kilometer lange Mt. Blanc Tunnel eröffnet. Die direkte Verbindung zwischen Turin und Genf.

Bis Genf musste sie den Job erledigt haben, denn wenn er es schaffen würde, einen Flieger zu nehmen, egal wohin, dann wuchsen ihre Probleme in den Himmel. Waffen konnte niemand mit durch die Kontrollen nehmen. Jetzt fluchte sie auf Russisch. Die Zeit schien gerade schneller zu laufen.

Der rote Punkt verharrte an einer Seilbahnstation. Val Veny. „Will der nun auf einen Berg ?" fragte sie sich verwundert. Keine zehn Minuten später erreichte sie die Station. Der Audi stand mittlerweile etwas weiter an der Skyway Seilbahn, welche auf den Mt. Blanc führte. An der Station Val Veny gab es nur einen Skiverleih. „Was für ein Fuchs. Der will auf Skiern verschwinden !" schoss es durch ihren Kopf. Mittlerweile sollte er sich das Auffinden, mittels eines Peilsenders zusammengereimt haben. Ohne den Peilsender am Wagen war er unsichtbar. Jetzt bedurfte es schneller Entschlüsse.

Sie sprang aus dem Wagen und rüttelte an der verschlossenen Shoptür. Nach einer schier endlosen Zeit kam ein Mann an die Tür und deutete auf die Öffnungszeiten. Mittagspause.

Zum Glück war der Mann Italiener. Ihrem erotischen Blick, der alles versprach, konnte er nicht widerstehen. Mit einem debilen Grinsen im Gesicht, öffnete die Person den Shop wieder. Auf Englisch erklärte sie, dass sie die gleiche Ausrüstung, wie Marcello braucht. Sie sei leider auch spät dran, daher ‚Pronto!' Der Schuss ins Blaue verfehlte seine Wirkung nicht.

„O, Marcello, si. Der Eisvogel." Sichtlich bemüht, passte er schnell ein Paar Skistiefel an, stellte die Skibindung ein, suchte eine weiße Bogner Jacke heraus und befüllte einen schwarzen Rucksack mit passenden Handschuhen, einer Mütze und Socken. „Five hundred Euro. It's a special price for my friend Marcello, alias Martin Pescatore."

Sie zahlte bar und bedachte ihn mit einem zuckersüßen Lächeln. Ludovico fiel erst einen Moment später auf, dass er die Daten der Frau nicht aufgenommen hatte. „Egal, ist ja Marcello bekannt" beruhigte er sich.

Der Audi stand beinahe direkt an dem futuristischem Skywaygebäude. An der Kasse geriet sie nichts ahnend an die gleiche Ticketverkäuferin. „Ihr Mountainguide ist schon eine Gondel früher nach oben gefahren und wartet da sicher auf Sie. Er ist nicht zu verfehlen. Er trägt knallrote Skibekleidung" erzählte die junge Frau freundlich, nach der ersten Musterung. „Um diese Uhrzeit fahren nicht mehr so viele Skifahrer auf den weißen Berg." Sie händigte das Ticket aus. „Haben Sie eine Angelausrüstung dabei ? Mein Freund ist auch ein leidenschaftlicher Angler, ein richtiger Maestro di pesce, aber hier ?" fragte sie schmunzelnd.

Als Antwort bekam sie nur einen ausdruckslosen Blick. Die Kundin drehte sich um und schritt mit federnden Schritten zum Drehkreuzeingang des Gondelzugangs.

In der Gondel fuhr sie, jeweils nur mit dem Gondelführer auf die nächsten Sektionen, bis auf die Bergspitze des Punta Hellbronner. Fest davon ausgehend, dass Marcello die Route Valley Blanche nach Chamonix nahm, stieg sie nach der zweiten Sektion direkt in die zweite, weiterführende Gondel.

Währenddessen zog sie die Skistiefel an und präparierte sich gegen die Kälte. Minus zwölf Grad Celsius, auf dreitausendfünfhundert Meter, zeigte die Infotafel innerhalb der Gondel an. Dafür nahezu windstill, was einen präzisen Schuss erleichterte. Das sie dort oben den Auftrag abschließen würde, abschließen musste, stand außer Zweifel. Schnee und Eis waren ihr vertraut und eine gute Skifahrerin war sie ohnehin. Schließlich stammte das Chamäleon aus Sibirien. Weltweit das Einzige, ihr bekannte Chamäleon, was im Schnee überleben konnte. Mit ihrem weißen Outfit würde sie zudem regelrecht mit der Landschaft verschmelzen. Unsichtbar werden. Unsichtbar gegenüber ihrem Zielobjekt und ebenso wichtig: unsichtbar für mögliche Zeugen. Aus ihrer Sicht gab es nur zwei Arten von Zeugen. Keine oder tote.

Beim heraus treten aus der Gipfelstation schlug ihr ein eisiger Wind entgegen !

## 016

*"Wie Schnee, so schmilzt das Leben"*
*(Titus Maccius Plautus, 250-184 v. Chr.)*

Auf der Gipfelstation genehmigte sich Marcello noch einen starken Espresso und kritzelte, scheinbar in Gedanken, vier Wörter untereinander auf einen Bierdeckel. Zwanzig Minuten Zeitvorsprung besaß er auf alle Fälle und wenn er erst einmal auf Skiern unterwegs war, dann hatten die Verfolger das Nachsehen. Hier oben gab es keinen Skiverleih. Sein Plan erschien ihm perfekt. Als langjähriger Mountainguide hatte er unzählige Gruppen in diesem Bergmassiv geführt. Im Sommer wie auch im Winter. Daher rührte auch sein Spitzname Eisvogel, obwohl der Eisvogel nicht in Hochgebirgsregionen vorkommt. Er bewegte sich in diesem unwirtlichen Gebiet sehr schnell, dabei elegant und sicher. Sein ausgeprägter Instinkt für akute Gefahren, rettete ihm oft das Leben. Sein Markenzeichen waren die metallisch wirkenden, kobaltblauen Jacken, kombiniert mit der passenden türkisfarbenen Skihose, der Marke Spyder. „Like a Kingfisher" hatte einer seiner Gäste gesagt und irgendwie verfestigte sich der Begriff. Martin Pescatore oder der Eisvogel. Heute trug er wieder Kleidung der Marke Spyder, allerdings in feuerrot und nicht in Metallicoptik.

Eisiger Wind blies ihm ins Gesicht, als er aus der Bergstation trat und seinen Pieps, das Verschüttetensuchgerät, an der automatischen Kontrollstation einer Überprüfung unterzog. Es war alles in Ordnung. Der Pieps, neuester Generation, war auf Senden eingestellt und funktionierte einwandfrei. Als Gesichtsschutz schob er sein Halstuch auf Nasenhöhe und stülpte sich die Schneebrille so über, dass es eine geschlossene Einheit bildete. Ein zweimaliges, sattes klicken, gab ihm die Rückmeldung, dass die Skistiefel und die Skibindung fest miteinander verbunden waren.

„Andiamo – auf geht's" motivierte sich Marcello, drückte beide Skistöcke gleichzeitig in den Schnee und schob im Schlittschuhschritt bergan. Immerhin mussten bis zum Abfahrtseinstieg, mehr als fünfunddreißig Höhenmeter auf einer Schräge von zirka dreihundert Metern überwunden werden, was zwölf Prozent Steigung entspricht. Normalerweise ist das auch für einen Flachlandbewohner locker zu absolvieren, aber in einer Höhe von dreitausendfünfhundert Metern geht dies, ohne entsprechende Akklimatisierung, ordentlich auf die Pumpe.

„Che lotta – was ist das anstrengend" fluchte Marcello leise. Die Jahre in Travemünde hatten ihn kurzatmig werden lassen. „Zum Glück geht's hiernach nur noch bergab" schnaufte er und beschloss, in Zukunft wieder mehr für seine Fitness zu tun. Mit ein paar Pausen mehr als früher, sollte er die lange Abfahrt sicher bewältigen. Am Ende des Anstiegs hielt er kurz inne, schaute sich über seine rechte Schulter um. Beide Augen suchten die bereits zurückgelegte Strecke ab. Die Sonne sowie der glitzernde Schnee blendeten ein wenig, aber es war niemand weiter auszumachen. Nicht einmal auf der Aussichtsplattform stand irgendein Mensch. „Na prima, ich wusste, dass ich meine Häscher hier oben abhänge."

Mit einem zufriedenen Grinsen startete er in den unverspurten Abhang, zog seine ersten Schwünge im Tiefschnee.

## 017

In ihrem weißen Outfit verschmolz das Chamäleon perfekt mit der verschneiten Landschaft. Sie versuchte sich anhand des groben Gebirgsplans zu orientieren. Zur Rechten ragte der ‚Dente del Gigante' mit seiner exponierten Spitze, bis auf viertausend und dreizehn Meter, heraus. „Zahn des Riesen. So gewaltig sieht er auch aus" bewunderte sie die immer schneefreie Bergspitze. Gleich darauf galt ihre Konzentration wieder dem umgebenden Gelände. Nicht zu spät, denn so brannte sich gerade noch die rote Gestalt, an der Kante des vorliegenden Anstiegs, in ihre Iris. Das musste Marcello sein. Der Hinweis der Ticketverkäuferin, erwies sich als sehr Hilfreich, obwohl um diese Zeit keine weiteren Alpinisten mehr auszumachen waren. Gut für sie ! Wenn es keine weiteren Personen in der nahen Umgebung gibt, dann wird es auch keine lästigen Zeugen geben.

Schnell überprüfte sie ihre komplette Ausrüstung, stellte sicher, dass die Skibindung sauber eingerastet war und rückte die Schneebrille zurecht. „Davay - auf geht's." Mit Doppelstockschub glitt sie flüssig den Aufstieg hinauf. Schnell bekam sie, schon nach den ersten hundert Metern, das Gefühl für die Ski wieder. Dank ihrer ausgezeichneten Kondition, war die Einstiegskante ins Valley Blanche schnell erreicht. Die Variante zur Linken, schien der Großteil der Skifahrer zu benutzen. Beinahe zwanzig Lines führten durch diesen weißen Hang. Eine einsame Spur führte, weiter in der Mitte, am riesigen Hang hinunter. Ihre Augen scannten diese Linie soweit ab, bis diese sich hinter einem gewaltigen Gletschervorsprung verlor. Diese Route hätte sie an seiner Stelle auch genommen. Quer durch die Gletscherbrüche. Die Seracs.

Atemberaubend streckten sich die gefährlichen Seracs in den blauen Himmel. Spielend erreichten sie die Größe eines Einfamilienhauses. Hier türmten sie sich zu tausenden. Ein Labyrinth des Todes. Entstanden durch die Fließbewegung des Gletschereises, welche hier bis zu neunzig Meter im Jahr beträgt. Bei Zug und Druck auf das Eis, bricht dieses auf. Die neu formierten Eisgebilde werden vom nachfließenden Gletschereis in die Höhe geschoben. Brechen an steilen Stellen Eisbrocken ab, kann hierdurch Eisschlag mit nachfolgenden Lawinen ausgelöst werden. Für Alpinisten ist dies in der Regel nicht vorhersehbar und somit brandgefährlich. Ein

Restrisiko, was jeder, der sich in diesen Arealen aufhält, für sich selber tragen muss.

Leise glitten die breiten Skier durch den frischen Tiefschnee. Mühelos setzte sie Schwung an Schwung. Ohne den Auftrag im Kopf, wäre es Genuss pur geworden. Je weiter die Spur ins Tal hineinführte, um so stärker nahm der Wind ab.

Aus den Spuren im Schnee las sie deutlich, dass der Skifahrer dieser Spur, häufig Pausen einlegte. Sie interpretierte die Spurenlage so, dass die Stopps nicht zum Fotografieren eingelegt wurden. Eher ein Indiz für mangelnde Konditionen in dieser Höhenlage.

Ein donnerndes, tiefes grollen durchzog die Bergregion, das von der zerklüfteten Teufelshand, dem Montblanc du Tactul, herrührte. Unterhalb der Bergspitze krachte eine Eislawine zu Tal und erinnerte das Chamäleon an die unsichtbaren Gefahren. Die Bedingungen waren sehr labil.

Zehn Minuten später zeichnete sich unweit ihrer Position, deutlich eine Person in roter Skibekleidung ab. Bingo ! Für die nächsten Minuten gab es nur wenig Deckung für das Zielobjekt. Perfekt !

Rasch bereitete sie einen improvisierten Schussplatz her. Routiniert gingen nun alle Abläufe von der Hand. Ohne Handschuhe, um den optimalen Druckpunkt zu spüren, lag der Zeigefinger bereits am Abzug. Im Visier bewegte sich deutlich erkennbar Marcello. „Gute Technik" dachte sie. „Ein wenig zu eckig, was sicher einer mangelnden Kondition geschuldet ist." Seine Bewegungen wurden vorsichtiger, da er sich an einem langegezogenen, schmalen Seracgrat entlang hangelte. Sie fühlte sich in seinen Bewegungsrhythmus ein. Ein anmutiges Bild offenbarte sich. Die rote Gestalt, die bläulichen Eisformationen und der weiße Schnee. Idyllisch. Wie gemalt.

Den linken, oberen Quadranten des Rückens im Fadenkreuz haltend, drückte sie den Abzug vollends durch. Kurz bevor er hinter dem nächsten Serac verschwand. Durch die Benutzung eines Schalldämpfers, erklang nur ein ‚Plopp'. Kurz und trocken. Den Rückstoß der Waffe nahm sie kaum wahr.

Marcello stürzte, wie vom Blitz gefällt. Der Körper schleuderte einige Meter weiter vor. Mitten in der Hochtiefbewegung. Am Schwungauslauf. Ein Kunstschuss. „Treffer und versenkt." Wie im Kinderspiel ‚Schiffe versenken'. Der vormals reinweiße Schnee, wies dort jetzt eine blutrot getränkte Fläche auf. Die Jagd war zu Ende.

Die aufgestaute Anspannung wollte sich nur langsam abbauen. Irgendwie war das Chamäleon froh, den Job beendet zu haben. Immer öfter dachte sie darüber nach, wie eine Zeit nach ihrem aktuellen ‚Berufsleben' aussehen konnte. Aussehen sollte. Wirtschaftliche Unabhängigkeit besaß sie schon seit knapp zwei Jahren. Die Jobs hatten sehr viel Geld auf ihre diversen Bankkonten gespült und einem komfortablen Leben stand somit nichts im Weg. Von jedem Job zweigte sie siebzig Prozent als Rücklage ab. Mittlerweile summierte sich der Betrag auf stolze vier Millionen Euro. Genug für sorgenfreies Leben.

Erst jetzt bemerket sie die Kälte, welche über ihre nackten Hände in den Körper kroch. Etwas steif geworden, erhob sie sich aus der liegenden Position. Der Schnee fiel locker von der Kleidung. Das Gewehr wurde schnell abgebaut und verstaut. Die Skier schnitten saubere Linien in den Schnee, auf dem Weg zum Ziel. In Gedanken sprach sie nie von einem Opfer. Alle waren nur Ziele.

Je mehr sie sich dem roten Fleck näherte, um so mehr irritierte ‚Etwas'. Dieses ‚Etwas', entsprach keiner ihrer bisherigen Erfahrungen. Das Bild, was sich langsam herausschälte, besaß einen Fehler. Einen entscheidenden Fehler. Die rosafarbene Scheibe der Schneebrille verzerrte die reale Farbwiedergabe. Die Farbe als solche war es jedoch nicht. Die Blutspritzer und deren Konsistenz stimmten nicht. Man konnte erwarten, dass die Spritzer durch die Wucht des Geschossaufpralls, nur nach vorne, also talwärts ausgefächert waren.

Diese fächerten auch bergwärts. Mittlerweile war das Blut auch im Schnee eingesickert. Viel zu schnell. Das dickflüssige Blut sollte nicht so schnell von der Schneedecke aufgenommen worden sein.

Im Sonnenlicht glitzerten die Schneekristalle nicht nur wie kleine Diamanten, sondern teils auch wie Diamantenbrocken. An der Stelle, wo sie Marcello ins Jenseits befördert hatte, entpuppten sich die Diamantbrocken als Glassplitter. Das vermeintliche Blut war gar kein Blut. Es war Rotwein.

Vorsichtig schaute sie um den Serac herum und ahnte im gleichen Moment, dass dort keine Leiche lag. Ihre Befürchtungen wurden sofort bestätigt. Der Körper schüttete Unmengen an Adrenalin aus. Konsterniert blickte sie auf die schwache rote Spur, welche von der Kuhle des Körpereinschlags wegführte. Mitten hinein in das Labyrinth des riesigen Gletscherbruchs.

Zum Glück war es bis zum Einbruch der Dunkelheit noch lange hin. Hier wollte niemand im Dunkeln unterwegs sein. Am Tage ist dieses Terrain schon lebensgefährlich. Nachts und dazu ohne Taschenlampe, kommt es einem Himmelfahrtskommando gleich. Kleine und riesige Gletscherspalten, soweit das Auge reichte. Abgesehen davon, fällt das Thermometer in dieser Höhe, schnell einmal auf Minus zwanzig Grad. Selbst im Sommer. Mit einem entsprechendem Windfaktor, konnte sich das problemlos, mehr als verdoppeln. Alles in allem, keine erstrebenswerte Situation, zumal es hier am Tage schon gefährlich genug ist.

„Ohne die Untiefen zu kennen, sollte man nicht in den Fluss gehen." Geduldig, wie eine Raubkatze, wartete sie auf ihre Chance. Wenn diese denn kam.

„Wo steckt Du ?"

## 018

*„Je planmäßiger die Menschen vorgehen, desto wirksamer vermag sie der Zufall treffen."* (Friedrich Dürrenmatt)

Vollkommen unvorbereitet traf Marcello eine Riesenfaust im Rücken, sodass es ihn fünf Meter weiter in den Schnee katapultierte. Durch den zusätzliche Druck im Rücken, summiert mit seinem Speed, rutschte er durch den lockeren Schnee noch über zwanzig Meter weiter den Hang hinunter, haarscharf an riesigen Gletscherspalten vorbei. Kurz vor einer tiefen Spalte kam er zum Halten.

So richtig verstehen konnte sein Gehirn das gerade Geschehene nicht. Eine Lawine war es nicht. Damit kannte er sich aus. Langsam versuchte Marcello wieder auf die Beine zu kommen. Ein stechender Schmerz in der linken Schulter unterbrach seine Bemühungen.

„Merda" kam es fluchend über seine Lippen. „Was für ein Scheiß passierte hier gerade?" Nur mühsam schaffte er es aufzustehen. Die Beine waren in Ordnung. Seine Skibindung hatte ausgelöst. Der Rucksack hing zerfetzt und lose an einem Riemen über der rechten Schulter. Er nahm in ab und bestaunte, wie wenig von dem stabilen Teil noch übrig war. Zerfetzt war die richtige Bezeichnung. Von einem Geschoss zerfetzt. Entgeistert schaute er auf den Rucksack und den Hang hinauf. Die Sicht wurde von einem gewaltigen Serac versperrt.

Wie konnte das Geschehen? Die Häscher mussten mit dem Teufel im Bunde stehen. Er hätte seine Ersparnisse verwettet, dass er die Killer sicher abgeschüttelt hatte. Zumal in seinem Territorium. Wen hatte er da am Arsch? Allein die Rotweinflasche hatte offensichtlich sein Leben gerettet. „Da soll noch einer sagen, Rotwein ist nicht lebenserhaltend! Wie viel Zeit ist mir noch vergönnt?" Angst lähmte ihn.

Er gab sich einen Ruck. Hastig versuchte er seine Skier ausfindig zu machen. Ein aussichtsloses Unterfangen. Ohne Zeit. Die Sanduhr lief unerbittlich. Stattdessen machte er sich nun zu Fuß auf den Weg, tiefer ins Eislabyrinth hinein. Ohne Steigeisen ein riskantes Unternehmen. Allerdings auch für seine Verfolger.

Er musste höllisch vorsichtig sein. Die Skistiefel hatten keinerlei Grip auf dem Eis. Der Untergrund war tückisch glatt. Weit würde er sich nicht hineinwagen können. An der nächsten Gletscherkante kam ihm eine Idee. Er öffnete seine Skijacke und kramte den bekritzelten Bierdeckel heraus. Etwas Blut befand sich am Rand. Mit einem „Ciao" ließ er den Pappdeckel in die etwa zehn Meter tiefe Spalte segeln.

Die Schmerzen in seiner Schulter nahmen dramatisch zu. Das Geschoss war vermutlich durch die Rotweinflasche abgelenkt worden, aber einer oder mehrere Glassplitter, mussten durch die Wucht in seine Schulter eingedrungen sein. Es fiel ihm schwer, einen klaren Gedanken zu fassen, geschweige denn, einen vernünftigen Plan zu entwickeln. Mit jedem Meter nahm der Schnee ab und es war nur noch blankes Eis vorhanden. Hunderte Meter dick und mit unzähligen Spalten durchzogen. Müde unterbrach er seinen kurzen Fluchtweg. Ein Überhang gab ihm Schutz nach oben. Die Verletzung musste doch schwerer sein, als vermutet. Der Blutverlust nahm zu und damit auch die Müdigkeit. Im gleichen Maße nahm dafür seine Konzentrationsfähigkeit ab. Somit entging ihm, dass er auf diesem Pausenstück, keinerlei Deckung mehr an der Flanke besaß.

Plötzlich nahm ein hässliches Knirschen seine Aufmerksamkeit in Anspruch. Sein Blick huschte nach oben. Sofort wurde ihm klar, dass er sich selbst in eine Falle manövriert hatte. Ein zweites Geschoss schlug in den Eisvorsprung ein. Exakt in den Riss, der durch den ersten Einschlag das Eis durchzog.

Mit lautem Knarzen brach der schwere Eisbrocken ab und stürzte krachend auf ihn nieder. Dem Schicksal ausweichen konnte er hier nicht mehr. „Jetzt erfüllt sich Mutters Prophezeiung doch noch" waren die letzten Gedanken, die Marcello durchzuckten.

Das Herz des Eisvogels hörte auf zu schlagen.

Das Chamäleon glitt hinter dem vorgelagerten Serac hervor. „Geduld zahlt sich immer aus, meine Liebe" lobte sie sich und verbeugte sich im Stillen vor Marcellos Leichnam. „Du warst ein würdiger Gegner."

Eine mächtige Eisspitze ragte aus seinem Herzen. Er musste sofort tot gewesen sein. Durch die Reibungshitze der Gewehrkugel, ran etwas Wasser am Bruchrand des Eises entlang und gefror augenblicklich wieder, am Reißverschluss der roten Skijacke.

Wie Schnee, so schmilzt das Leben.

Rasch durchsuchte sie die Kleidung des Toten, fand aber leider nichts, was von Bedeutung für ihren Klienten gewesen wäre. Wo hatte Marcello den Datenträger deponiert, wenn er ihn nicht am Mann trug? Möglichkeiten gab es genug. Vielleicht hatte er die Daten bei einem Anwalt hinterlegt oder per Post einem Vertrauten zugestellt. Er wurde seit Mitte Juli beschattet und Kontakt zu einem Anwalt gab es in dieser Zeit nicht. Ein Freund? Möglich, allerdings eher unwahrscheinlich. Marcello galt als zurück gezogener Einzelgänger. Enttäuscht wandte sie sich ihrer Ausrüstung zu. Jetzt musste das Chamäleon nur noch wieder heile heraus, aus dieser gefrorenen Welt, nachdem sie den Körper in die nächste Gletscherspalte rollte. Mit etwas Glück fand man Marcellos Leiche erst in ein paar Jahren oder überhaupt nicht. So schnell sollte sich hier niemand hin verirren. Für Sonntagnachmittag hatte der Wetterbericht sogar wieder Schneefall angesagt und würde alle Spuren jungfräulich beseitigen.

## 019

Travemünde
Mo-06.August-2018

*"Was wir brauchen sind ein paar verrückte Leute.*
*Seht euch an, wohin uns die Normalen gebracht haben."*

*(George Bernard Shaw)*

Natürlich war York klar, dass Stina es nicht gerne sah, wenn er ‚Polizeiarbeit' verrichtete, aber ein wenig helfen konnte ja nicht schaden. Er musste ihr ja auch nicht gleich den wahren Grund auf die Nase binden. Zudem freute er sich auf ein Wiedersehen mit seinen alten Weggefährten aus dem Aostatal. In den Bergen und der Spitze des italienischen Nordwestens, hatte er immer wieder eine der intensivsten Zeiten seines Lebens zugebracht.

In der bizarren Eiswelt liegt Selbstvertrauen, Mut, Demut und Tod sehr dicht beieinander. Gefährlich nahe. Dort wird einem klar, dass man niemals an ‚die' Vollkommenheit heranreicht. Allenfalls bewegt man sich in dieser Welt temporär und genießt dabei, die grandiose, absolute Schönheit. Am besten abseits des Mainstreams, wo es allerdings auch die meisten Gefahren beherbergt. Gefahren, die niemals absolut beherrschbar sind. Weder vom Menschen noch von technischen Helfern. Gerade dieser Form der Unsicherheit entspringt paradoxerweise die eigene Sicherheit. Eine ständige Reflexion des Handelns ist gefragt. Erfahrung, Wissen, technische Qualitäten im Schnee und eine gute Physis vorausgesetzt, reduzieren das Restrisiko in Richtung Null. Nur in Richtung Null. Nie auf Null !

Mit diesem ‚Rüstzeug' unterwegs, wird man durch eine Welt belohnt, wie sie kaum ein zweites Mal auf diesem Planeten zu finden und es nur wenigen vergönnt ist, diese live zu erleben.

Eine Flugverbindung für Dienstag, von Hamburg nach Genf, hatte er schnell gefunden und gleich online gebucht. Sechzehn Uhr zehn ab Hamburg. Knapp zwei Stunden Flug. Ein Katzensprung. Sollte er noch bis zum Abend im Kleinen Winkler warten, um Stina zu informieren? York beschloss, die Information gleich weiter zu geben.

„Hallo York" freute sich Stina. „Gerade habe ich an Dich gedacht." Er hörte geradezu ihr Lächeln.

„Das freut mich aber. Ich hoffe, es sind gute Gedanken" nahm er das Gespräch auf. „Wir treffen uns ja heute Abend im Kleinen Winkler, zu dem privaten Umtrunk. Ich komme vielleicht einen kleinen Moment später. Ich muss noch ein paar Sachen packen, denn mein alter Freund Giulio aus dem Aostatal, hat mich gerade angerufen und auf ein paar Tage eingeladen. Männergespräche halt. Da Du Mittwoch und Donnerstag auf der Fortbildung bist, passt es ja ausgezeichnet. Ich fliege morgen Abend für zwei Tage zu ihm. Am Donnerstag- oder Freitagabend sollte ich wieder aus Italien zurück sein."

Stille.

„Hallo? Stina? Bist Du noch dran?" Nun vernahm er ein unterdrücktes Stöhnen.

„Männergespräche?" Stinas Stimme erklang für ihn jetzt ziemlich angespannt. „So adhoc und mitten im Sommer?" fragte sie trocken. „Sonst steckt nichts weiter dahinter?"

Nun meinte York eine Spitze heraus zu hören. „Alles in Ordnung bei Euch?" fragte er einfühlsam nach. Seine Ahnung sagte ihm bereits, dass Stina zumindest etwas ahnte oder vielleicht schon mehr wusste und sofort einen Zusammenhang mit seinem Kurztrip konstruierte.

„Ich frage mich gerade nur, ob da nicht mehr hinter steckt. Klingelt es bei Dir im Zusammenhang mit den Namen Marcello Rapo ? Einfach nur mal so…"

„Marcello Rapo ? Ist das nicht dieser italienische Souvenir-händler aus der Rose ? Was soll mit ihm sein ? Den kenne ich gar nicht weiter." Das stimmte soweit auch. Allerdings, wie so oft, lag Stina mit ihrer kriminalistischen Intuition richtig. Dennoch entschloss sich York, so zu tun, als ob er nicht wüsste, was sie meinte. Nur, um sie nicht unnötig zu beunruhigen.

„Nichts weiter. Ich dachte, Du kennst ihn vielleicht. Wir haben hier gerade eine Anfrage zu ihm rein bekommen. Nichts weiter dramatisches." Nun hielt sich Stina bedeckt und sie ahnte, dass York hinter ihrer Aussage mehr ver-mutete. Er fragte aber nicht nach.

Im gleichen Maße wusste er, das sie ihn ebenfalls durchschaut hatte.

## 020

HH-Volksdorf

*„Selbst dann, wenn man eine rosarote Brille aufsetzt, werden Eisbären nicht zu Himbeeren."* (Franz Josef Strauß)

„Wir haben den Laden sauber gemacht. Es gibt keinerlei Spuren, die auf uns hindeuten" erklärte Jimmy stolz. „Die Festplatte seines Computers haben wir ausgebaut und an meinen Laptop angeschlossen. „Interessantes Material. Das hätte uns in erhebliche Schwierigkeiten gebracht. Der alte Sack hat alle Vorgänge und Transaktionen festgehalten. So ein verdammter Lump!"

„Ich hoffe für alle, dass ihr gründlich gearbeitet habt" erwiderte Dr. Sappa angesäuert. Wieso habt ihr ihn nicht besser überwacht? So, wie ich es schon vor sechs Monaten angeordnet habe! Ich muss das Unternehmen wieder straffer organisieren und mehr Kontrolle ausüben. Zum Glück waren wir vor der Polizei in seinem Laden. Wer weiß, was dann alles passiert wäre."

„Eine kleine Sache ist da aber noch" wandte Jimmy zaghaft ein." Seine Gesichtsfarbe wurde zwei Spuren blasser. „Ich habe im Monitoring-Tool Protokoll gesehen, das Marcello eine Kopie der sensiblen Daten abgespeichert hat. Es sieht nach einer SD-Karte aus. Die trägt nicht auf und passt in jedes Portemonnaie oder lässt sich unsichtbar ins Jackenfutter einnähen."

Das Gesicht von Sappa wurde augenblicklich kalkweiß, um danach puterrot anzulaufen. Seine Stimme kam einem Flüstern gleich. „Merda!" entfuhr es ihm. „Was seid ihr nur für Dilettanten? Habt ihr alle nur einen Kopf zum Haare schneiden? Ich hatte Dir Verantwortung übertragen. Nur mit großen Autos als Poser auf den Straßen unterwegs zu sein, ist da eindeutig zu wenig! Ich habe vor allem Dir mehr viel zugetraut!" Mario Sappa ahnte, dass der Schlamassel erst angefangen hatte. Mit dem Tod von Rapo wurden sie ihre Sorgen somit nicht automatisch los. So lange dieser lebte sowie so nicht.

„Wir müssen weitere Vorsichtsmaßnahmen treffen und vor allem eine entsprechende Information an die Jägerin übermitteln. Sie muss unbedingt Marcello und seine persönlichen Sachen filzen." Sappa fuhr sich nervös durch die Haare. Hielt kurz inne. „Ähem, Jimmy. Hast Du den Schlüssel vom AMG dabei?" Er blickte seinen Neffen fragend an.

Erfreut registrierte Jimmy, dass die Wut von seinem Onkel verraucht war. „Na klar doch. Ohne mein Baby bin ich doch wie nackt" erwiderte er grinsend und hielt eine Art Scheckkarte hoch. „Hier."

Sappa nahm die Karte mit der linken Hand entgegen. „Keyless go. Toll, was heute alles so geht." Dabei glitt er mit der rechten Hand in seine Sakkotasche und beförderte ein kleines, schwarzes Kunststoffteil zutage. „Okay, nicht gerade Keyless go, aber mit Zentralverriegelung." Dabei machte es Klick und ein Schlüssel schnellte, wie eine Taschenmesserklinge aus dem Korpus, seitlich nach vorne heraus. „Dein neues Auto" erklärte er sachlich. „Ein VW Polo. Zuverlässig und sparsam."

„Waaas ?" kreischte Jimmy entsetzt. „Das kannst Du doch nicht machen ! Damit mache ich mich komplett lächerlich. Schließlich bin ich ein Sappa ! Das ist doch kein Auto. So etwas ist für Studenten und dazu ein Frauenauto." Er rang nach Luft. „Dann gehe ich lieber zu Fuß, als mit diesem roten Blechhaufen unterwegs zu sein."

„Sappa ist nur ein Name. Den hast Du allein durch Geburt erhalten." Die Stimme bekam eine eisige Note. Erkläre mir bitte, was Du bisher in Deinem Leben geleistet hast, was es rechtfertigt, dass Du solch einen protzigen Luxuswagen fahren kannst. Posen, abhängen in Bars mit Deiner Vaginalfachverkäuferin, ist da zu wenig. Selbst die kleinen Aufgaben erledigst Du nicht zuverlässig." Mario Sappa rückte seinen Sakko zurecht. „Du schaffst es ja nicht einmal, für den Unterhalt des Wagens aufzukommen." Den Poloschlüssel legte er auf dem Schreibtisch ab. „Deine Entscheidung. Den oder keinen. Basta !"

Mit mordlüsternen Augen, stürmte Jimmy wutentbrannt an seinem Onkel vorbei und aus dem Zimmer.

„Der wird sich schon beruhigen" dachte Mario Sappa und schaute seinem Neffen hinter her. „Er wird seine Lektion schon lernen."

## 021

Travemünde

Still schäumend, beendete Stina Wallison das Gespräch mit York. Sie hätte sich denken können, dass eine Leiche im Monte Bianco mit Schnittmengen zu York, ihm innerhalb kürzester Zeit zugetragen wird. Dazu hatte er zu viele Freunde in der Gegend, rund um den höchsten Berg Europas. Das er sie damit nicht behelligen wollte, fand Stina auf der einen Seite süß, aber dies betraf eindeutig ihren Beruf und das machte sie eher wütend.

„Ist Dir eine Laus über die Leber gelaufen? Hast Du neuerdings zu hohen Blutdruck? Soll ja ansteckend sein in diesem Ort." Offensichtlich machte sich Hans wirklich Sorgen, in Anbetracht ihrer aufgestiegenen Röte im Gesicht. Diesen empathischen Eindruck zerstörte er jedenfalls augenblicklich. „Oder hat Dein York mit Dir Schluss…?"

Die glutvollen Augen Stinas erstickten seine weiteren Worte. Er kannte diesen Blick und wusste, dass er weit über das Ziel hinausgeschossen war. Bevor sie etwas sagen konnte, enteilte Hans ins Nebenzimmer und holte zwei Kaffeebecher.

„Hier" sagte er kleinlaut. „Das wird Dir guttun."

„Wir sollten uns morgen mal die Räumlichkeiten in der Rose vornehmen. Vielleicht finden wir aufschlussreiches Material. Hat er Familie, Mitarbeiter usw.? Das können wir im Vorfeld abklären. Einen Durchsuchungsbeschluss bekommen wir sicher nicht vor morgen Mittag. Es ist bisher nicht eindeutig geklärt, ob ein Kapitalverbrechen vorliegt. Die Obduktion dauert noch an." Stina Wallison war ihre innere Unruhe nicht mehr anzusehen. Routiniert verteilte sie die wichtigsten Aufgaben. „Ich setze mich gleich mit Anders Andersson in Verbindung. Kläre ab, ob er morgen im Dienst ist und uns begleiten kann. Sollten wir bis dahin von den italienischen Kollegen genauere Informationen zu den Todesumständen Rapos erhalten haben, ziehen wir auch Lennart Leuchter vom MD.1 hinzu" beendete sie den Monolog.

Es kam Bewegung in das Team der WaschPo Travemünde.

## 022

Travemünde
Di-07.August-2018

*„Wenn der Arzt hinter dem Sarg eines Verstorbenen geht, folgt manchmal die Ursache der Wirkung."* *(Voltaire)*

Gegen achtuhrfünfzig, saß York vor dem Eiscafe Cayade und nahm seinen ersten Cappuccino zu sich. Das Thermometer zeigte schon respektable vierundzwanzig Grad an und es sollte heute noch auf fünfunddreißig Grad ansteigen. Temperaturen, die in Travemünde außergewöhnlich sind. Der ganze Sommer gestaltete sich dieses Jahr außergewöhnlich. Für die Touristen und Gastronomen ein Geschenk. Für die Bauern eine Katastrophe. York krempelte die Ärmel seines fein gestreiften Hemdes hoch. Uninteressiert blätterte er danach in der Hamburger Morgenpost. Wirklich bewegendes hatte die Zeitung nicht zu bieten. Selbst die Sportnachrichten wiederholten meistens das Geschwätz von gestern. Gegen neun Uhr wollten der XO, Dildo und Henne vorbeischauen. Gegenüber, an der Kaiserbrücke, herrschte auf dem Panoramaschiff MS HANSE, erste Betriebsamkeit. Die Crew bereitete das Schiff für den Gästeansturm und die Linienfahrt nach Lübeck vor. Wie jeden Morgen.

Derweil kam Arman auf die Terrasse und setzte sich zu York dazu. „Ich brauche einmal `ne Pause. Ich habe heute schon so viel gearbeitet" erzählte er schmunzelnd und wollte sich eine Zigarette anzünden. „Ach, ich rauche ja gar nicht mehr. Ist die Gewohnheit. Was gibt es neues, York?"

„Seit gestern? Nicht viel. Um halb sechs war ich bereits am Strand und bin in der Ostsee geschwommen. Genau zum Sonnenaufgang. Einfach herrlich. Ich genieße die Ruhe und die magische Kraft, die dann von diesem Strandabschnitt ausgeht."

Hörmal, das muss ich Dir jetzt erzählen" setzte Arman an. „Heute früh bin ich bei Netto, um ein paar Kleinigkeiten für das Eiscafe zu kaufen. An der Käsetheke bietet mir die Verkäuferin zwei leckere Käsestücken an. Ich nehme die beiden und sehe noch einen Appenzeller. Wie ich den bestelle, da quatscht mich so ein älterer Typ hinter mir an. Also, ich kenne den überhaupt nicht, weißt Du, und der weiß auch nichts von mir!"

„Kein Wunder, wenn man so viele Kinder hat, dann muss man auch die Mäuler stopfen. Wer das wohl alles bezahlt..?"

Da ging mir aber die Hutschnur hoch. „Ey man, was willst Du Furz überhaupt. Du weißt gar nichts über mich. Ich kaufe für meinen Laden ein und sowieso, wie viele Kinder ich habe, geht Dich doch überhaupt nichts an ! Wenn die Verkäuferin den Typen nicht angeraunzt hätte, dann.., wer weiß. Was gibt es doch für unverschämte Leute." Arman redete sich in Rage. „Dafür gab es an der Wursttheke etwas zu Lachen. Bestellt eine Dame: *Bitte ein Viertel von einem Achtel der Mettwurst, aber bitte in dünnen Scheiben. Meine Verwandten kommen.* Das hat meine Laune gleich wieder gehoben" grinste er nun.

„Da musst Du entspannter kontern. Anstelle von.., wie hast Du es gleich noch  formuliert ? Ach ja: Furz. Also, anstelle von Furz oder blöd, fragst Du die Person: Könnte es sein, dass Sie momentan nicht an den intellektuellen Erwartungshorizont heran reichen ?" York räusperte sich. „Das wird Dein Gegenüber sprachlos machen. Damit rechnet so einer überhaupt nicht. Es wird ja auch immer kurioser, wie die Menschen miteinander umgehen. Guten Tag und Auf Wiedersehen scheint bei vielen schon nicht mehr im Sprachschatz vorhanden zu sein. Ja, man muss nur die Augen und Ohren aufsperren und das tägliche Leben liefert laufend Slapstick Einlagen. Bei dem Barista Joda wurde neulich eine neue, junge Mitarbeiterin gefragt, ob die Kaffeepackung ein Pfund wiegt. Da antwortet sie ernsthaft: Ne, das sind nur fünfhundert Gramm."

Die letzten zwei Sätze bekamen der gerade eintreffende XO und Henne mit. Der XO lächelte. „Pfund als Gewichtseinheit ist nicht mehr so zwingend im jugendlichen Sprachgebrauch vorhanden. Die kennen nur noch Kilo und Gramm. Dafür wissen sie alles über Byte bis Terabyte. Sogar Petabyte und Exabyte sind schon keine Fremdwörter mehr für die jungen Leute. Damit müssen wir uns sicher auch alle in den nächsten zwei bis drei Jahren rumschlagen. Die Datenmengen werden einfach riesengroß." Der XO machte eine Pause und schaute auf das Gepäck von York. „Wo geht es überhaupt hin ? Du hast zwei, drei Tage Kurzurlaub angedeutet. Wozu braucht man da bei diesen tropischen Temperaturen ein paar Skistiefel ?"

„Mein alter Freund Giulio hat angerufen und eine Skitour im Mt. Blanc vorgeschlagen" antwortete York ausweichend. Er wollte nicht, dass Stina aus Versehen Wind von dem Anliegen bekam, obwohl er schon ahnte, dass sie es wusste.

„Wie Mt. Blanc ?" Henne rollte mit den Augen. „Das ist doch dieser verdammt hohe Berg. Da soll es immer arschkalt sein. Ich bleibe da lieber hier an der Küste mit seinen weit über dreißig Grad. Plus wohlgemerkt" fügte er süffisant an. „Wieso begibst Du Dich dazu freiwillig auf solch einen hohen Berg ? Atembeschwerden vorprogrammiert. Mir raubt allein schon der Venushügel den Atem !"

„Apropos fehlender Atem" hakte York ein und überging elegant seine eigentliche Frage. „Gestern Abend hatte uns Dagmar vom Kleinen Winkler zur Sommerbrise eingeladen. Leckere Tapas gab es ebenso und auch der Stammtisch mit dem ‚Führer' war anwesend sowie..."

„Dem Führer ? Habe ich da etwas verpasst ?" zeigte sich Arman entsetzt.

„Das ist so ein nettes Wortspielchen, was die ‚Alten' gerne mit neuen Gästen treiben. Mich haben sie damit auch schon gerollt. Da schauen Dich zum Beispiel die ehrbaren Damen und Herren ernsthaft an, erzählen Dir, dass sie noch auf den Führer warten. Na klar, ich habe auch sehr sparsam aus der Wäsche geschaut und mir meine Gedanken gemacht. Die älteste Dame in der Runde, immerhin über sechsundachtzig, hat mich schließlich schmunzelnd aufgeklärt, was es mit ‚dem' Führer auf sich hat. Der ehemalige Revierleiter, damals war die Polizei noch in der Alten Vogtei ansässig, hört auf den Nachnamen Führer und gehört zur Runde. Die sind immer für ein Späßchen gut und ein Paradebeispiel für Lebensfreude im Alter."

„Und ich befürchtete schon..."

„Nein, alles in Ordnung. Die sind nur gut drauf und erfreuen sich ihres Lebens. Das kann jetzt auch eine Einheimische sagen. Die etwa vierzigjährige Frau, saß mit ihren Freunden am Nachbartisch und schlang gierig das gereichte Knusperschnitzel in sich hinein. Alle der Gruppe waren schon beim vierten Glas Wein, als es passierte. Sie fiel plötzlich stumpf vom Hocker und röchelte nur noch. Bei uns am Tisch, saß zu ihrem Glück, der ehemalige Notarzt Peter. Ihr kennt ihn doch sicher. Der kümmerte sich sofort um die Frau und erkannte aufgrund seiner langjährigen Erfahrung, dass sich bei der Patientin ein zu großes Stück Fleisch, ein sogenannter Bolus, im Kehlkopfeingang befand. Dies war durch eine starke, mechanische Irritation des Kehlkopfnervengeflechtes, stecken geblieben und führte so zu einem reflektorischen Herzstillstand. Das Teil bewegt sich somit weder nach oben noch nach unten. Der Betroffene Mensch kann in solch einem Fall nicht mehr erbrechen, schlucken, geschweige denn sprechen oder atmen. Mund zu Mund Beatmung oder Intubieren ist durch den versperrten Weg nutzlos. Dazu muss ein Helfer dies auch Wissen bzw. Erkennen, ansonsten müht er sich vergebens.“

Fasziniert hörten die drei den Schilderungen zu. „Peter erkannte das seltene Phänomen und führte Mangels geeignetem Equipment, mit einem Kartoffelschälmesser, einen Luftröhrenschnitt aus. Irgendwie hat er den Bolus dann herausbekommen. Keine Ahnung wie, aber die Frau hat tatsächlich überlebt ! Bis der Rettungswagen endlich aus Kücknitz eintraf, vergingen noch einmal zwanzig Minuten. Da wäre die Frau schon längst den Bolustod gestorben. Es herrschte natürlich richtig Aufregung im Winkler.“ York schlürfte zwischendurch an seinem Cappuccino. „Übrigens mussten wir noch zwei weitere von ihren Begleitern erstversorgen, nachdem die beim Anblick des Küchenmessers ohnmächtig wurden.“

„Was lernen wir daraus ?“ fragte der XO. „Na, immer einen Notarzt an seiner Seite zu haben."

„Naja, die Ärzte haben es auch am besten von allen Berufen. Ihre Triumphe laufen herum und ihre Fehlversuche werden begraben" feixte Henne in dem Moment, wo Dildo sich zu uns gesellte.

„Scherze ohne mich ?" tat er verschnupft. „Da kann ich euch helfen." Er grinste über das ganze Gesicht.
*„Kommt ein Mann in die Apotheke:*
*„Eine Packung Acetylsalicylsäure bitte !"*
*Apotheker: „Sie meinen Asperin ?"*
*„Genau. Ich kann mir dieses blöde Wort nie merken !"*
Schallend lachte er.

Ein silberblauer Polizeibulli mit leuchtgelben Streifen hielt vor der Terrasse. Das Seitenfenster glitt elektrisch hinunter. „Da sitzen ja wieder die üblichen Verdächtigen. Um diese Uhrzeit. Ihr könnt es gut haben" schnarrte die Stimme von Hauptkommissar Anders Andersen. „Ich würde mich liebend gerne zu euch setzen, aber der Dienst ruft. Kleiner Einsatz auf dem Priwall. Im Internat der Berufsschule. Dort hat der Heimleiter auf dem WC Drogen gefunden. Wir schauen uns das mal an und suchen dann unter den angehenden Orthopädieschuhmachern, Optikern, Schiffbauern und Schlachtern, wem es gehört. Ich weiß jetzt schon, wie das ausgeht. Nur vorbeifahren müssen wir. Jeder Anzeige wird schließlich nachgegangen. Man sieht sich." Er nickt kurz und der Wagen fuhr wieder an.

„Schon ein anstrengender Job. Da lobe ich mir meine Klienten." Henne streckte sich. „Habe ich schon erwähnt, dass ich mich vor ein paar Tagen verliebt habe ? Im Lampenladen bin ich mit meiner Tischnachbarin ins Gespräch gekommen. So ganz locker. Ich sage euch, eine ganz heiße Chica. Russin. Wir sind im Anschluss noch ins Winkler gegangen. Nach ein paar Wein war ich mit Iwona, so hieß die Braut, so weit klar, dass wir den Abend bei mir fortsetzen wollten. Liebe auf den ersten Blick so zu sagen. Der hätte ich gerne ein paar weiße Handschuhe übergestreift. Ihr wisst schon... und dann.., dann verabschiedet sie sich plötzlich. Ohne weitere Vorwarnung. Dabei hatte ich mich doch gerade erst so richtig verliebt. Sie hat das Zeug zu einer Muse gehabt. Inspiration pur. Ich war so perplex, da habe ich erst einmal ein Selfie geschossen und nachgeschaut, ob ich vielleicht einen entsetzlichen Ausschlag im Gesicht hatte."

„Kenne ich. Denke nicht zu viel darüber nach. Mal bist Du die Taube, mal bist Du das Denkmal." Dildo klopfte ihm dabei mitfühlend auf die Schulter. „Der Verlust einer Muse ist allerdings schon hart. Obwohl, bei Deiner Vielzahl an..., ähem, wie lautet die Mehrzahl von Muse ?" Das war mehr als rhetorische Frage zu verstehen, denn er beantwortete sie sofort. „Klar doch: Museen. Das birgt gleichzeitig einen Vorteil. Du kannst sie quasi sammeln und bei Bedarf besuchen." Henne brachte nur ein gequältes Grinsen zustande.

Währenddessen standen auf der Kaiserbrücke, rund einhundertfünfzig Personen und warteten darauf, dass das Boarding auf der MS HANSE begann. Viermal täglich, können die Passagiere, die Linie Travemünde-Lübeck und zurückfahren. Eine abwechslungsreiche Schifffahrt auf der Trave, entlang des Skandinavienkai, durch ein sehr schönes Naturschutzgebiet, am durchwachsenen Schlutup und dem achthundert Jahre alten Fischerdorf Gothmund vorbei, bis hinein in die Altstadt Lübecks, An der Untertrave. Um elf Uhr startet die erste Abfahrt. Heute steuerte Kapitän Peter das Schiff. Seine obligatorische Gästeansprache auf dem Oberdeck konnten wir leise verfolgen. Die Zeit verlief an diesem Morgen sprichwörtlich wie im Flug. Ehe wir uns versahen zeigte die Uhr zwölf an.

„Dildo, ich glaube es wird Zeit, dass wir zum Airport fahren. Den Flug will ich nicht verpassen und Deinen Rennfahrerqualitäten möchte ich nicht ausgesetzt sein." York zahlte. „Ciao, wir sehen uns zum Wochenende wieder. Beide machten sich zum Leuchtenfeldparkplatz auf, wo Dildo seinen Wagen geparkt hatte.

„Ich kann Deinen Mini Cooper gar nicht entdecken. Wo hast Du ihn denn versteckt ?" York schaute sich suchend um.

„Hatte ich das noch gar nicht erwähnt? Ich habe mir spontan eine blaue Elise gekauft. Wegen der Frischluft und so." Dildo griente und zeigte auf einen blauen Volvo Kombi.

„Ich verstehe nicht ganz. Was hat das mit der blauen Elise zu tun? Die vom rosaroten Panther kann das ja nicht sein."

„Komm, schaue einmal hinter den Volvo." Bis auf drei Meter vor dem Volvo, verdeckte dieser einen kleinen Sportwagen dahinter. „Voila! Ein Lotus Elise S1, in Metallicblau" erklärte er stolz. „Schaue Dir diese sexy Linien an. Ein absoluter Traum. Damit sind wir schnell am Airport und neidische Blicke sind uns sicher."

„Da habe ich ja Glück, dass ich keine Skier mitnehme" lachte York und zwängte sich in den kleinen Flitzer. „Was hast Du dafür angelegt?"

„Den habe ich preiswert im Supermarkt erstanden. Laut einer polnischen Studie spart man dort viel Geld, wenn man anstatt zur Kasse, direkt zum Auto geht. Besonders, wenn man auf dem Hinweg noch keines hatte" gluckste Dildo. „Nach dem Verständnis einer Fachkraft für spontane Eigentumsübertragung." Mit einem gurgelnden Blubbern sprang der Motor an. „Nein, im Ernst. Dies war ein Schnäppchen. Ein Freund hat mir den Wagen angeboten. Der ist mit Autos sehr penibel. Alles ist in einem perfekten Zustand, obwohl schon zwanzig Jahre alt und neunzigtausend Kilometer gelaufen. Da sind einundzwanzigtausend Euronen nicht zu viel. Der Wagen gilt auch als wertstabil und hat eine grüne Umweltplakette."

„Wenn der e-Antrieb weiter so gehypt wird, dann bekommst Du vielleicht in der Zukunft doch Probleme."

„Ist doch alles nur politisch und Augenwischerei. Der Batterieantrieb ist eine Sackgasse. Da sind wir uns in der Autoindustrie einig. Die Politik macht da so einen Aufriss und negiert, dass bei der Produktion der Batterien Lithium und Kobalt benötigt wird. Diese Rohstoffe sind mehrheitlich in chinesischer Hand. Sollten zum Beispiel die angestrebten zehn Millionen e-Autos produziert werden, benötigt die Industrie allein dafür, über dreihundertfünfzig Prozent des gewonnenen Lithiums. Dazu kommt die Lithiumgewinnung einem Verbrechen gleich. Ein ökologisches und soziales Wasserdesaster. Damit wir hier mit reinem Gewissen ‚saubere' e-Autos fahren können, wird in anderen Regionen den Menschen das Wasser abgegraben. Das sagt mir doch schon alles ! Die Stromerzeugung erfolgt ebenfalls nicht klimaneutral. Für eine umweltfreundliche Strombereitstellung, braucht es zigtausend zusätzliche Windkraftanlagen oder ähnliches. Das Tanken mit Strom dauert länger, falls Du überhaupt genügend Solartankstellen findest. Ich verstehe nicht, warum nicht die Brennstoffzellentechnik intensiver erforscht und weitergeführt wird. Wasserstoff ist das Zauberwort der Zukunft. Allerdings steht da eine Öl-, Strom und Wirtschaftslobby sowie verblendete Politiker im Weg. Reine Volksverdummung !" Jetzt war Dildo in seinem Element. Schließlich ist er durch seinen Beruf mittendrin in diesem Thema.

„Den ausgereiften Dieselmotor verteufeln sie. Die messen Stickoxid nur an den Sammelstellen, wo die höchste Konzentration und es möglichst windstill ist. Der Höchstwert liegt bei vierzig Mikrogramm pro Kubikmeter Luft. Wenn zum Beispiel ein Raucher, eine Zigarette raucht, dann kannst Du dafür lange mit Deinem Diesel fahren. Dieser vor zwanzig Jahren festgelegte Wert, ist in keiner Weise gesichert. Von Feinstaub redet jedoch niemand mehr. Der ist viel gefährlicher und wird von Benzinern, ebenso wie von e-Autos erzeugt. Durch den Reifenabrieb und das Bremsen."

Dildo atmete tief ein und so schnell, wie er sich aufgeregt hatte, switschte er wieder in einen ausgeglichenen Modus. „Ich weiß. Falsche Adresse. Da muss sich jedenfalls etwas in den Köpfen ändern. Lasse uns einfach die Fahrt genießen, mit perfektem Cabriowetter inklusive."

„Schnittig sieht er wirklich aus" nickte York anerkennend. „Der ist auch viel seltener als ein Porsche. Porsche fährt

74

doch mittlerweile jeder Hansel. Da dreht sich niemand mehr für um. Es ist schon krass, wenn man aus dieser Perspektive, direkt auf Augenhöhe mit den Rückleuchten eines VW Polos ist. Hoffentlich heizt das Bodenblech nicht auf. So flach wie der auf der Straße liegt." York schob den Sitz zwei Stufen zurück. Mit Stoßdämpfern gab es das Modell nicht ?" hakte er bei der ersten Bodenwelle nach und hoffte, dass die Straßen überwiegend intakt waren. Auf eine gestauchte Wirbelsäule konnte er gerne verzichten.

„Warte erst einmal ab, wenn ich dem die Sporen gebe. Der macht ordentlich Druck."

York bezweifelte es nicht.


## 023

*Murat entschuldigt sich in der Schule: „Herr Lehrer, ich war Arzt."*
*„So, so, Arzt waren sie auch schon…"*    *(aus Lehrer ABC)*

„Die Italiener haben ein Kompetenzproblem in diesem Fall. Der Verstorbene ist unstrittig Italiener, aber der Tatort liegt auf französischem Territorium. Allerdings ist der französische Rechtsmediziner in Chamonix unpässlich. Entweder wird nun der Leichnam zur Untersuchung nach Genf überführt oder die italienischen Behörden erhalten sie. Das ist noch nicht entschieden. Deshalb ist die Leiche noch nicht rechtsmedizinisch untersucht. Vor morgen bekommen wir somit keine Obduktionsergebnisse. Der zuständige Richter in Lübeck sträubt sich, einen Durchsuchungsbeschluss nur aufgrund der vorliegenden Fakten auszustellen. Die bürokratischen Hürden sind wieder einmal hoch." Stina Wallison deutete eine hilflose Geste an.

„Sollte mehr dahinterstecken, dann ist jede Spur schon über vierundzwanzig Stunden alt. Zeit genug, um vorhandene Spuren zu verschleiern." Hans machte ein sauertöpfiges Gesicht. „Uns gibt man später wieder die Schuld, wenn eine Aufklärung misslingt oder unnötig Zeit verschlingt."

„Wir leben immer noch in einem Rechtsstaat" erinnerte Wallison „und gerade wir sollten die Gesetze respektieren. Sonst macht das ja alles keinen Sinn." Zugleich musste sie an York denken, der das Gesetz zuweilen arg dehnte, um unkonventionell an Informationen zu gelangen. Allerdings war er kein Polizist. Ihr waren da die Hände gebunden. Trotzdem war sie oft froh gewesen, durch ihn an Informationen zu gelangen, die ihr nicht zugänglich waren. Einige Male grub er entscheidende Details aus, die später zur Aufklärung beitrugen. Natürlich fragte sie nie nach seinen Quellen und schon gar nicht beauftragte sie ihn. „Übrigens hat Wiesbaden meine Fortbildung abgesagt. Dort ist der Dozent erkrankt." Im Hintergrund hörte sie den Türöffner zum Revier summen.

Der Chefredakteur und der Fotochef von der Travemünde Aktuell begrüßten Stina Wallison. Man kannte sich gut, von vielen gemeinsamen Presseterminen. Dazu ist Travemünde so überschaubar, dass man sich beinahe täglich über den Weg läuft. Helge Normann nahm den angebotenen Kaffee an und Karl Vögele lehnte wie immer ab und wählte stattdessen ein Glas stilles Wasser.

„Wir haben zufällig von einem Todesfall eines Travemünders in den italienischen Alpen gehört. Habt ihr dazu vielleicht eine aktuelle Informationen für uns ? Ich schreibe gleich für die Online Version. Es ist immer schön, wenn wir brandaktuell sind" fiel Helge Normann mit der Tür ins Haus.

Wallison schaute ihn einen Augenblick nachdenklich an. Sie mochte seinen Schreibstil bzw. seine monatliche Kolumne.

Ironisch, zuweilen sarkastisch, zu gegenwartsnahen Unzulänglichkeiten in Travemünde. „Nur, woher hatten sie diese Info? Es gab hierzu noch keine öffentliche Meldung" grübelte sie. „Wenn es so einen Fall gäbe, woher habt ihr so eine Information?"

„Du weißt doch, ich war jahrelang ein engagierter Funkamateur. Auch in den Zeiten der Computer und des Internets, wirst Du Dich wundern, wie aktiv die Funkgemeinde noch auf dem 2-Meter-Band ist. Ich klinke mich nicht mehr regelmäßig ein. Dennoch habe ich aufgehorcht, als das Stichwort Travemünde fiel. Also habe ich mich auf den Frequenzen ein wenig schlau gemacht." Karl befeuchtete seine Lippen am Wasserglas und griff in seine rote Weste. Rote Jacken und Westen sind sein Markenzeichen sowie sein Elbsegler. Von einem gelben Notizzettel las er ab: „Männliche Leiche im Mt. Blanc. Todesursache mysteriös, aber noch unbekannt. Nationalität italienisch. In Travemünde gemeldet. Den Namen habe ich leider noch nicht eruieren können. Gerüchte kursieren genug. Wir suchen etwas konkreteres." Er faltete den Zettel wieder zusammen. Sein Blick ruhte auf Wallison.

„Nun, da sind wir ja auf einem ähnlichen Wissensstand" entgegnete sie trocken. „Wir wissen zwar den Namen der Person. Den darf ich euch allerdings nicht mitteilen, da alles noch vertraulich ist und wir noch auf detailliertere Informationen warten. Der Rest sind derzeit alles Spekulationen. Daran beteiligen wir uns natürlich nicht. Tut mir leid" entschuldigte sie sich. Wenn ich mehr weiß, dann können wir weiter schauen." Wallison wusste, dass es immer hilfreich ist, sich mit der Presse gut zu stellen. Ab und an brauchte man sich gegenseitig. „Ob es sich hier tatsächlich um einen Tod durch ein Kapitalverbrechen handelt oder um einen tragischen Unfall, ist noch nicht geklärt. Was ich euch wissen lassen darf ist, dass es sich um eine männliche, achtundvierzigjährige Person handelt, die wohl früher als Bergführer in den italienischen Alpen gearbeitet hat."

„Wenig ist besser als nichts" bedankte sich Karl und beide machten sich zu einem anderen Termin auf.

Wallison holte das kleine Team zusammen, welches heute aus Malte, Hans und einem Polizeianwärter bestand. „Malte, Du nimmst unseren neuen Kollegen einmal mit auf Streife und zeigst ihm dabei die Gegebenheiten auf der Trave, den Sporthäfen und wenn noch Zeit ist, der Pötenitzer Wiek. Das Rib.2 sollte einsatzbereit sein. Hans, wir gehen einmal nach nebenan."

Stina Wallison schloss die Tür hinter sich. „Für Dich habe ich eine kleine Sonderaufgabe. Das braucht der PA nicht zu hören." Neugierig blickte Hans sie an. „Schaue Dich doch bitte einmal unauffällig in der Rose um, in der Nähe des Souvenirladens. Vielleicht entdeckst Du etwas irgend etwas. Sollte ein Mitarbeiter zugegen sein, dann gebe Dich als interessierter Kunde aus. Wir müssen ja nicht ganz untätig in dieser Sache bleiben und es wäre schade, wenn wir durch die Personalausfälle in den Alpen, einen Schritt zu spät kommen. Vielleicht machen wir uns auch zu viele Gedanken. Ich weiß es nicht. Ein unbestimmtes Gefühl sagt mir jedoch, dass da mehr hinter steckt. Sicher ist sicher."

„Okay, Chefin. Du meinst doch sicher in Zivil?"

Innerlich stöhnte Wallison auf. Sie bedachte Hans jedoch mit einem freundlichen Lächeln. „Ja, genau das meinte ich. Sonst ist es nicht wirklich unauffällig."

Eifrig nickte Hans, der für Ironie nicht wirklich empfänglich war. Seine Kollegen neckten ihn gerne, ob seiner Naivität. In manchen Kreisen käme es vielleicht einem Mobbing gleich. Das war es hier aber nicht. Okay, verbal ging es auf dem Revier zuweilen ruppig zu, allerdings besaß Hans auch besondere Qualitäten. Dafür respektierten sie ihn alle. Einzig seine offensichtliche Schwärmerei für Stina und der wohl hieraus resultierenden Abneigung gegenüber ihren Freund York, trübten hin und wieder das Arbeitsklima.

Nachdem Hans die Dienstkleidung gegen seine zivile Kleidung austauschte, schnappte er sich ein neutrales Fahrrad aus dem Fundus.

## 024

Courmayeur – Italien (AO)
Di-07.Aug-2018

*„Warum bürdest Du dir den gefährlichen und beschwerlichen Weg auf, um einen Berg jenseits der achttausend Meter zu besteigen?"*
*„Weil er da ist."* (Abele Blanc)

Mit meinem grünen, ausgebauten VW LT, parkte ich direkt an der Kugelbarke in Cuxhaven. Das sanfte Plätschern des Wassers bewog mich, die Augen noch ein wenig geschlossen zu halten. Schließlich hatte ich Urlaub. Die Hüfte machte sich wieder bemerkbar. Gestern hatte ich auch zwei ungefederte, schmerzhafte Landungen beim Kiten hingelegt. Wasser kann hart sein und jünger wird ja niemand. Im Alter geht vieles langsamer, doch es gibt auch Situationen, die gehen schneller. Wenn du meinst, du fällst hin, dann liegst du schon.

An der Wohnmobiltür klopfte es leise. Mühsam schälte ich mich aus der Daunenbettdecke und öffnete. Mein verzauberter Freund Frank stand vor mir mit einer Brötchentüte in der Hand. „Aufstehen. Frühstück. Ich mache nur noch schnell einen schwarzen Kaffee."

Eine in Seide gehüllte Frau schien mir entgegen zu schweben. Sie bot mir spontan ein Eis aus ihrer Handtasche an. „Probiere ! Warmes Eis. Der neueste Schrei. Dazu gibt es meine bunten Kekse. Spezialkekse ! Dann fliegen wir gemeinsam über das Meer." Sie rollte lockend mit ihren Augen, deren Iris ein gelber Smiley zierte…

Pling !

„We have started our descent and will be landing shortly at Genf International Airport. Please return seats, **fasten your seatbelts,** until we have reached our final parking position."

Noch recht benommen von dem kruden Traum, gehen York plötzlich die beiden Flugzeugunglücke von neunzehnhundertfünfundfünzig sowie neunzehnhundertsechsundsechzig durch den Kopf. Damals flog jeweils eine Maschine der Air India im Landeanflug auf Genf, beide an der gleichen Stelle, sechzig Meter unterhalb des Mt. Blanc Gipfels in den Berg. Im ersten Fall fanden achtundvierzig und im zweiten Fall einhundertsiebzehn Passagiere den Tod. Was für zwei seltsame Flugzeugunglücke. York verscheuchte die Gedanken und versuchte sein Steißbein ein wenig zu entlasten. Die Spätfolgen der blauen Elise.

Die Maschine landete pünktlich und sicher um achtzehn Uhr in Genf. Sein Gepäck war mit als erstes auf dem Gepäckband und Giulio hatte er auch schon entdeckt. Freudig begrüßten sich beide. Seinen Subaru hatte er direkt vor dem Airport abgestellt, sodass sie rasch auf den Weg nach Courmayeur waren.

„Abele treffen wir erst morgen. Oben auf dem Berg. Er bereitet sich gerade für eine Expedition in den Himalaya vor. Die Annapurna im Nepal hat es ihm wieder einmal angetan. Dafür härtet er sich gerade ab. Er schläft nur in einem Schlafsack, extra auf einer blanken Gletscherplatte, in über dreitausend Metern Höhe. Da ist es besonders kalt." Giulio lachte. „Da bist Du bei Luciana besser dran. Schön warm und kuschelig hat sie es. Gute Rotweine führt sie sowieso."

„Ich freue mich auf sie. Sie ist immer so voller Elan und mit einem guten Spirit unterwegs. Stina und sie könnten Schwestern sein." An der Zufahrt zum Mt. Blanc Tunnel unterbrachen Sie kurz ihr Gespräch. „Das ist ja sportlich geworden. Fünfundvierzig Euro für knappe zwölf Kilometer Tunnel. Respekt ! Obwohl, umgerechnet auf unsere Priwall Autofähre, die nur zweihundertzwanzig Meter zurücklegt, kostet die gleiche Strecke sogar beinahe dreihundertfünfundvierzig

Euro. Dagegen ist der Tunnelpreis wieder ein Schnäppchen" rechnete York vor. „Wie sind denn die aktuellen Nachrichten bezüglich des Unfallhergangs im Berg?"

„Die französischen Behörden tun sich schwer. Personalengpässe. Der Leichnam hat bei der Bergung eine Fleischwunde im linken Schulterbereich aufgewiesen. Seltsamerweise von einem Flaschensplitter. Bei dem vorangegangenen Sturz sollte die Flasche nicht so zersplittert sein. Ist sie aber. Nur fünfzig Meter weiter, lag Marcello mit einer klaffenden Wunde am Herzen. Von einem schweren Eiskeil durchbohrt. Frage mich nicht wie das geht. Muss aber ein schneller Tod gewesen sein. Der Gletscherüberhang muss genau in dem Moment abgebrochen sein, als er sich darunter befand. So etwas nenne ich Pech. Zum richtigen Zeitpunkt an der falschen Stelle. Eine Gruppe von drei italienischen Freeridern haben am Sonntagvormittag zufällig das Areal gekreuzt. Roter Schnee hat sie irritiert. Harmloser Rotwein wie sich später herausstellte. Nachdem sie sich ein wenig umgesehen hatten, entdeckten sie Marcello in einer kleinen Gletscherspalte und schlugen Alarm. Zum Nachmittag setzte Schneefall ein. Danach hätte man die Leiche auf Jahre, wenn nicht sogar auf Jahrzehnte, nicht mehr gefunden."

York ließ die Informationen vorerst unkommentiert sacken. Sein Netzwerker Daniell Holter hatte herausgefunden, dass Marcello Rapo, in Fachkreisen einen ausgezeichneten Ruf als Experte für Kopien jeglicher Art erworben hatte. Es wurden ihm zuweilen Kontakte zur organisierten Kriminalität in Italien und Deutschland nachgesagt. Beweisen ließ sich bisher nichts. Deshalb wurde er auch nicht aktenkundig. York fragte sich, warum sich solch eine Koryphäe in Travemünde aufhielt. An den Souvenirladen glaubte er nicht.

„Arrivato. Da sind wir. Maison Le Champ. Ich lasse Dich schnell raus. Michaela und Pietro warten auf mich. Du hast mit Luciana bestimmt viel zu erzählen, amico mio. Lasst es nur nicht zu lang werden, denn ich hole Dich morgen früh um Punkt fünf Uhr ab, damit wir die Personal Seilbahn um sechs Uhr zehn bekommen. Buona notte."

In der rustikalen, gemütlichen Stube hatte Luciana den langen Tisch mit Aostaspezialitäten und Rotwein eingedeckt. „Du musst hungrig sein" empfing sie York und nahm ihn herzlich in die Arme. „Ich bin gespannt, was Du zu erzählen hast und wie Du siehst, bin ich mit dem Einrichten nach fünf Jahren endlich fertig geworden." Sie beschrieb mit ihrer Hand stolz einen angedeuteten Halbkreis.

„Ja, es ist wirklich toll geworden und passt ausgezeichnet zu Dir. Dazu siehst Du immer noch sehr attraktiv aus. Gut, dass ich nicht im Aostatal wohne, ansonsten müsste ich mir Gedanken machen" scherzte York.

Nach zwei Stunden voller Geschichten, kulinarischer Vielfalt und einer gemeinsamen Flasche Rotwein, verabschiedete sich York und zog sich auf sein Zimmer zurück. Dank des WLAN im Haus, stellte er eine stabile Videoanrufverbindung zu Stina her. Da sie währenddessen das Gespräch nicht von sich aus auf Marcello Rapo brachte, streute er wie zufällig die Informationen von seinem ‚Hacker' ein. „Ich kann mir kaum vorstellen, dass so ein Experte nur noch in Souvenir macht." Stina pflichtete ihm bei und war insgeheim wieder einmal verwundert, wo York solche Informationen absaugte. Ihre Computerexperten hatten dies nicht zu Tage gefördert. Schlichtweg aus dem einfachen Grunde, dass diese Information für die Behörden nicht existierten. „Mir hatte das bisher nicht viel gesagt, aber man munkelt, er sei noch viel besser, als der bekannteste Kunstfälscher der Neuzeit, Wolfgang Beltracchi, alias Wolfgang Fischer. Bis zu einer Million Euro zahlten Kunstexperten für seine 'Werke'. Er betrieb sein erfolgreiches Unterfangen bis zweitausendzehn. Von dem sollen bis zu dreihundert Fälschungen auf dem Markt sein, wovon nur höchstens einhundert nachgewiesen wurden. Der Rest hängt in irgendwelchen Museen sowie Privatsammlungen und wird als kostbare Kunst vergöttert."

„Tja, die Kunst hat ihre eigenen Gesetze. Um wegen Rapo offiziell tätig werden zu können, warten wir im Prinzip nur auf das rechtsmedizinische Gutachten, eines italienischen oder französischen Leichenbeschauers. Dann hat unser Staatsanwalt etwas in der Hand, um einen Durchsuchungsbeschluss auszustellen. Hans hat heute in zivil dem Souvenirshop einen Besuch abgestattet. Die Rolläden waren unten. Geschlossen wegen Betriebsferien bis Ende August. Komisch. Der Shop muss ja gut laufen, wenn die Betriebsferien mitten in die Hauptsaison gelegt werden. Apropos, das Thermometer hat heute fünfunddreißig Grad angezeigt. Die Strände sind bis zum Bersten voll..."

Nach zwanzig Minuten verabschiedeten sie sich. Stina versicherte ihm, ihn mit in ihre Träume zu nehmen. Um sich Bett fein zu machen, brauchte es bei ihm nicht viel. Die Zähne waren rasch geputzt. Seinen Telefonwecker stellte er auf vier Uhr. Zum Glück war York Frühaufsteher. Als Musiksound wählte er Peer Kusiv mit ,Hoch & Tief', um gleich mit einem guten Rhythmus in den Tag zu starten. Der morgige Tag wird anstrengend werden, aber auch sehr speziell. Eine Tour auf und in diesem Berg ist etwas außergewöhnliches. Zum Teil ist es eine Reise zu sich selbst. Fast schon spirituell. Ein Abenteuer mit vielen Unbekannten. Er freute sich riesig darauf, wieder einmal ins gigantische Monte Bianco Massiv einzutauchen und eine Lawine von phänomenalen Anblicken zu erleben. Das Ganze mit zwei lieben Freunden.

„Großartig" flüsterte er.

Lang ausgestreckt, sinnierte York noch eine Weile über seine aktuelle Lebenssituation. Er fühlte sich heimisch in seiner Welt mit Stina und ihrer Tochter Nonome an seiner Seite, seinen guten Freunden sowie dem bunten Treiben in Travemünde. Hin und wieder brauchte er Zeit für sich. Zum Versinken in der Natur. Eigentlich hatte er sich vier Rückzugsstrategien erarbeitet. Das lautlose Dahingleiten auf seiner ,O.li', egal, ob bei ruhiger oder stürmischer See, das Skifahren in tiefverschneiten Bergregionen, weit abseits der überbevölkerten Pisten, das schwerelose Abtauchen in tropischen Meeresregionen, wo er am liebsten dem Spiel der sogenannten Teufelsrochen, den Mantas, beiwohnte. Quasi in Slowmotion. Zu guter Letzt und am häufigsten, gab er sich der Meditation hin. Das konnte an den unterschiedlichsten Orten stattfinden. Egal, ob in beinahe absoluter Stille oder an belebten Orten. In Zukunft sollte…

Der Übergang in einen traumlosen Schlaf war fließend.

## 025

Chamonix – Aiguille du Midi (F)
Mi-08.Aug-2018

Gut gelaunt und nach einem leckeren Kraftfrühstück, machten sich Giulio und York auf den Weg nach Chamonix. Dazu mussten sie wieder durch den Mt. Blanc Tunnel. Der Ort Chamonix schläft praktisch nie. Tagsüber tummeln sich hier und im Berg, die Adrenalinjunkies sämtlicher Extremsportarten. Ein Stelldichein der Schneeextremen, Drachen- und Gleitschirmflieger, Wingsuitjumper, Kletterer usw. Abends und nachts sind die Schönen und Reichen sowie die Partygroupies unterwegs, um am Nimbus der Verwegenen Teil zu haben.

Sie parkten den Wagen unweit des kleinen Bahnhof Montenvers, wo sie am Ende der Tour mit der Zahnradbahn ‚Train du Montenvers' anlanden würden. Davor galt es, noch ein Hindernis von vierhundert Treppenstufen aufwärts zu bewältigen und wahrscheinlich vorher, schon das eine oder andere Mal mit Steigeisen über Gletscherbrüche zu klettern. Dort, wo der Schnee nicht ausreichend zum Skifahren war. Auch wenn es gerade geschneit hatte, es ist schließlich August.

Sie erreichten die Bahn gerade rechtzeitig, um mit dem Personal auf die Aiguille du Midi zu fahren, dank Giulios ausgezeichneter Kontakte. Die erste öffentliche Seilbahn startete um sechs Uhr dreißig. Somit gewannen sie zwanzig Minuten Vorsprung auf die Freaks und hatten viel Zeit, sich in Ruhe zu präparieren. Jeder war mit einem Klettergurt, fünfundzwanzig Meter Seil, zwei Grivel Eisschrauben, diversen Karabinern, Lawinen Airbag, Sonde, Schaufel, Funk und Pieps ausgerüstet. Durch ihre notwendige Ausrüstung trugen sie knapp zwanzig Kilogramm Gepäck am Mann.

Am Gipfel, auf dreitausendachthundertvierundvierzig Meter, erwartete sie eine atemberaubende Winterlandschaft. Die Sonne war gerade vor ein paar Minuten aufgegangen und tauchte die spektakuläre Kulisse in ein warmes Orange. Die Berginformation meldete in dieser Höhe minus neun Grad, vierzig Zentimeter Neuschnee in der Nacht von Montag auf Dienstag und Lawinenstufe drei, von fünf.

Angeseilt, begannen sie langsam mit dem Abstieg über den schmalen Grat zum eigentlichen Startpunkt, entlang des bodenlosen Abgrundes. „Da werden die Spuren alle zugedeckt sein" keuchte York, angesichts der Höhe. „Akklimatisierung ist etwas völlig anderes" dachte er.

„Dafür werden wir eine fantastische Abfahrt erleben" erwiderte Giulio freudig. „Der Schnee von gestern hat sich soweit gesetzt. Wir haben beste Bedingungen. Ein Traum, den nicht viele erleben können, da ihnen die Technik und Erfahrung fehlt. Ich brauche Dich ja nicht mehr extra darauf hinweisen. Ich tue es aber trotzdem. Wir werden uns immer gegenseitig beobachten und laufend eine Lagebeurteilung vornehmen. Es bleiben uns genug Gefahren."

Dankbar, dass er diesen äußerst erfahrenen Bergführer und Freund an seiner Seite hatte, nickte York ihm zu. Vor allem hier, in diesem wunderschönen Labyrinth des Todes. Der Berg gilt als einer der gefährlichsten der Welt. Bis zu achttausend Tote hat er bis jetzt gefordert. Gezählt werden die

Toten des Mt. Blanc schon lange nicht mehr. Es sind einfach zu viele.

Hier, in diesem bizarren, lebensfeindlichen Terrain, erfuhr York immer wieder aufs Neue eine Form der Demut. Die Anerkennung, dass der Mensch immer hinter der angestrebten Vollkommenheit zurückbleibt. Das eins werden mit der Natur, ist hier immer nur temporär möglich. Ausschließlich mit Respekt bewegt man sich in diesem Berg. Respekt ist für York seit jeher eine Form der Angst. Keine panische Angst, sondern eine, welche die Konzentration schärft und keine Verkrampfung hervorruft. Die Überlebenschance somit deutlich erhöht. Wer diese Art der Angst nicht in sich spüren kann, der wird in der Regel nicht alt.

Die majestätisch aufragenden Viertausender, standen beeindruckend um sie herum. Anspannung. Giulio legte die Spur, an der York maximal einen Meter links davon, exakt eine zweite anlegte. „Nicht weiter aus der Linie heraus" hatte Giulio ihm noch einmal eingeschärft. Sicherheit war für ihn die Priorität Nummer eins. Das war mit einer der Gründe, warum York mit ihm zwei Jahrzehnte zusammengearbeitet hatte. Es gab andere in dieser Zunft. Hasardeure. Die schließlich ihr Leben oder das Leben ihrer Klienten verloren.

Es war faszinierend sich hier zu bewegen. Powder vom Feinsten. Mitten im Hochsommer purer Tiefschneegenuss. Der höchste Berg Europas hat seine eigenen Klimazonen. In Travemünde, zumal bei den derzeit vorhandenen, tropischen Temperaturen, nicht vermittelbar.

Die ersten vierhundert Höhenmeter am Glacier du Géant, bewältigten sie beinahe schwebend, ohne Probleme. Danach lag das blaugrünlich glitzernde, zerrissene Labyrinth der gigantischen Séracs vor ihnen. In den Spalten konnte man problemlos Reisebusse versenken. Wer nicht aufpasst, den verschluckt der Gletscherschlund abrupt und oft für immer. Die Eismassen ‚fließen' dazu, rund dreißig Zentimeter talwärts – pro Tag ! So ein Gletscher ist immer in Bewegung und unter Spannung. Wo man jetzt gerade noch relativ sicher fahren kann, ist Stunden später vielleicht schon ein großer Riss, eine neue Spalte. Oft hört man das zerreißen des Eises. Unglaubliche Kräfte zerren am Gletscher und geben ihm so beinahe täglich ein neues Gesicht.

Giulio machte eine kurze Pause und bedeutete York, neben ihm zu stoppen. Beide zeigten ein tiefenentspanntes Grinsen. Schon nach den ersten vier Schwüngen hatte York seine Anspannung abgelegt und fand sofort in seinen gleichmäßigen Rhythmus, obwohl er vier Monate nicht auf Skiern stand. York versuchte derweil seinen erhöhten Puls durch gezieltes Atmen zu drücken. Zum Glück trainierte er laufend seine Grundfitness im a.Rosa Travemünde. Höhentechnisch gewann er hierdurch natürlich nichts, aber seine Energiekurve blieb stabil. „Atme ruhig noch einmal tief durch, Du Flachlandtiroler. Ein richtiger Bergsteiger wirst Du nicht mehr in diesem Leben" lachte Giulio. „Von Chamonix bis auf den Peak des Granitberges, klettern die schnellsten mittlerweile unter fünf Stunden ! Dreitausendachthundertfünfzehn vertikale Höhenmeter. Ein Wahnsinn. Übrigens, gestern auf den Tag genau, vor zweihundertzweiunddreißig Jahren, wurde der Mt. Blanc erstbestiegen."

„Ich möchte den Berg auch nicht besteigen. Abfahren reicht mir vollkommen," erwiderte York trocken „obwohl ich ein Widder bin."

„Amico mio, mein Freund. Schaue einmal nach rechts. Dort siehst Du in dreihundert Metern ein Eisgebilde mit einem runden Loch oberhalb. Mit etwas Fantasie schaut es wie ein Mammut aus. Durch das Auge scheint später die Sonne." Giulios linke Hand zeigte in die Richtung. „Dort treffen wir gleich Abele. Andiamo, auf geht's."

Eine Minute später standen sie unterhalb der bezeichneten Stelle. „Wow" staunte York. „Du hast Recht, Giulio. Ein riesiges Mammut. Als wenn es plötzlich in der Bewegung erstarrt ist." Gebannt betrachteten sie die von der Natur geschaffene Skulptur. „Und vor allem diese Stille."

„Buon giorno, York" hörte dieser nun eine ihm wohlbekannte Stimme. Irritiert schaute er sich um. Hinter einer Eiswand trat nun Abele hervor. „Ja, hier kann man sich gut verstecken. Ebenso einfach auch, auf Nimmerwiedersehen ausgelöscht werden, um dann vielleicht in ein paar hundert Jahren wieder ausgespuckt zu werden. Ein Ötzi des einundzwanzigsten Jahrhundert oder besser ein Blanci." Er grinste. „Ja, danke der Nachfrage. Ich habe hier gut geschlafen, obwohl es in der Nacht zwei Eislawinen hatte. Auf vierhundert Meter dickem Eis schläft es sich besonders gut. Das hält den Teint frisch" lachte er herzlich. „Vor einhundert Jahren war es sogar noch fünfhundertfünfzig Meter dick. Der Klimawandel macht selbst nicht vor diesem gigantischen Klotz halt und bedroht weltweit Küsten und Menschen." Abele blickte York nachdenklich an. „Würde zum Beispiel die Antarktis verschwinden, dann steigt der Meeresspiegel um achtundfünfzig Meter. Meter nicht Zentimeter" beendete er seinen kurzen Diskurs.

„Abele, ich möchte ja nicht drängeln, aber wie weit ist es noch bis zu dieser Unglücksstelle? Da wir sicher nicht das ganze Valley Blanche abfahren können und uns zum Schluss zu Fuß weiterbewegen werden, möchte ich nicht zu spät aufbrechen. Eine Nacht in den Bergen wollte ich vermeiden."

„Du hast Recht. Der Neuschnee täuscht hier oben. Weiter unten wird es deutlich weniger Schnee haben. Ab da müssen wir ohne Ski weiter. Steigeisen zum queren der Séracs hast Du dabei?"

Mit einem kurzen Kopfnicken bestätigte York seine Frage. „Was weißt Du eigentlich über diesen Marcello Rapo. Du musst ihn doch ebenfalls kennen?"

„Du meinst Martin Pescatore?"

Erstaunt blickte York zu Abele. „Martin Pescatore? Nein, eigentlich Marcello Ra..."

„Ja, da meinen wir die gleiche Person. Martin Pescatore ist nur sein Spitzname. Das heißt auf.., ähem Tedesco: Eisvogel, glaube ich" fügte Abele an.

„Bei mir zuhause gibt es einen über einhundertzwanzig Kilometer langen Fluss namens Trave, welcher in der Ostsee mündet. Dort am Wasser lebt ein leuchtendbunter, orangetürkisfarbener Vogel. Der heißt tatsächlich Eisvogel. Nur steht der Name nicht im Zusammenhang mit Eis, wahrscheinlich eher mit Eisen oder metallisch glänzend. Ein eleganter Flussfischer. Im Hochgebirge lebt der definitiv nicht. Was hat das mit Rapo zu tun?"

„Marcello kleidete sich seit jeher in eben diesen Farben. Meist mit einer metallischen Komponente. Sein Fahrstil war legendär. Schnell und elegant. Nach dem Motto: ‚Speed is my friend'. Irgendwann hat ihm jemand den Spitznamen verpasst. Eigentlich kennen ihn die meisten nur darunter. Er war nicht nur ein guter Bergführer. In seiner Freizeit malte er realistische Bilder. Beinahe gestochen scharf, wie Fotos. Warum er damals so plötzlich aus dem Tal verschwand, wusste niemand so genau. Es gab Gerüchte, dass er der Mafia nahestand. Bis vor ein paar Tagen hatte ich nichts mehr von ihm gehört."

Giulio und York hatten schweigend zugehört und klickten sich nun wieder in ihre Bindungen ein, nachdem sie ihren Zitronentee wieder in den Rucksäcken verstaut hatten.

„Warum führt ein solcher Spezialist in Travemünde einen Souvenirshop?" wunderte sich York. „Hat ihn die Liebe dorthin verschlagen?"

„Souvenirshop?" Jetzt wunderte sich Abele. „Liebe? Rapo war ein absoluter Einzelgänger und wenn er etwas gar nicht mochte, dann einen Souvenirshop. Diesen Kitsch konnte er nicht ertragen. Wir haben uns darüber mehrfach unterhalten. Am liebsten ging er solo in die Berge. Maximal zwei fitte Touristen alpin führen ja, weil er somit seinen Lebensunterhalt in seiner geliebten Wahlheimat finanzieren konnte. Mitbringsel jeglicher Art waren für ihn ein Gräuel. Unnütz. So eine Art Ressourcenverschwendung."

„Und jetzt ist der erfahrene Vogel hier auf eine bizarre Art und Weise zu Tode gekommen. In seinem Areal. Suizid?" teilte York seine Gedanken mit.

„Komm, es ist nicht weit von hier" meldete sich Abele wieder. „Ich habe mir die Stelle gestern Abend schon einmal angeschaut. Die Bruchkante des Gletscherüberhang sieht irgendwie merkwürdig aus. Ich werde nicht schlau daraus. Lasst uns das mal näher in Augenschein nehmen."

## 026

Obwohl das Chamäleon ihren Auftrag final erledigt hatte, hielt sie sich unter ihrem Aliasnamen Iwona Schumann, noch immer in Chamonix auf. Ihr Auftraggeber, den sie natürlich nicht persönlich kannte, hatte ihr einen großen Extrabonus in Aussicht gestellt. Dafür sollte sie unbedingt den kleinen Datenträger ausfindig machen, den das Zielobjekt möglicherweise bei sich trug. Zu Anfang hieß es nur: ‚Sollte er einen Datenträger mit sich führen…' und nun klang die Formulierung ungleich bestimmter: ‚unbedingt den Datenträger ausfindig machen…'. Bei ihrer routinemäßigen Untersuchung des Toten, gleich im Gletscher, fand sich nichts Derartiges. Sie war sich sicher, dass sie den Check gründlich durchgeführt hatte. Im Wagen, der in Courmayeur immer noch an der Seilbahnstation stand, ergab die Suche auch nichts. Zumindest fand sie dort einen Hinweis auf seine

Unterkunft in La Salle. Doch auch dort ergab die Suche nichts.

Zwischendurch erhielt Sie eine weitere Nachricht vom Auftraggeber. Darin hieß es, dass aus Deutschland eine Person anreiste, welche in diesen Fall seine Nase hineinstecken wollte. Eine Privatperson. Der Name lautete Jörg Illmer. Das angehängte Foto zeigte im Vordergrund, einen etwa fünfzigjährigen Mann mit diversen Ohrringen auf einer Segelyacht und einem markanten Kennzeichen. Einer Narbe im Gesicht, unterhalb des linken Auges. Das erleichterte ihr die Suche ungemein.

Im Hintergrund befanden sich noch zwei weitere, männliche Personen im Bild. Einer davon erregte ihre Aufmerksamkeit. Den erkannte sie sofort wieder. Es war der sympathische Typ aus dem ‚Kleinen Winkler'. Henne war sein Name. Sie erinnerte sich, dass er etwas vom Segeln erzählt hatte. Allerdings hatte sie nicht mehr so genau hingehört, da das Gespräch am Nachbartisch ihre volle Aufmerksamkeit in Anspruch nahm. Sie erinnerte sich noch, dass er mit leuchtenden Augen etwas von seinem vierjährigen Sohn erzählte. Von Flummis im Wassereimer oder so." Irritiert schaute sie noch einmal auf das Foto. „Was hatte das Ganze mit ihrem eliminierten Zielobjekt zu tun ? Zufall ?" An Zufälle glaubte sie nicht.

In Chamonix wohnte sie in einem kleinen, karg ausgestatteten Hotel. Wenig Komfort, dafür teuer. Unterkünfte in der Saison waren spontan praktisch nicht zu bekommen. Mit Glück bekam sie dieses überbezahlte Zimmer, da just in dem Moment, wo sie an der Rezeption nachfragte, ein Gast telefonisch stornierte. Das Frühstück war aus ihrer Sicht eine Frechheit. Instantkaffee mit oder ohne Milch, dazu ein Minicroissant in einer Folie. Sie hatte es sich zur Gewohnheit gemacht, morgens die erste Seilbahn auf die Aiguille du Midi zu nehmen, um jeden Gast mit diesem Jörg Illmer abzugleichen. Auf der Gipfelstation gönnte sie sich nebenher ein kräftigeres Frühstück. Gleichzeitig konnte sie von dort aus mit ihrem Fernglas, die italienische Abfahrtsvariante im Auge behalten. Das ging nun schon drei Tage so. Mittlerweile überwog ihre Skepsis, ob dieser York Illmer noch auftauchen würde. Vielleicht war dieser Mann gar nicht wirklich wegen Rapo unterwegs, zumindest nicht hier. Die Zeitungen berichteten nur kurz über den Todesfall. Wieder einmal ein Unglücksfall im Mt. Blanc, berichteten sie unisono. Sie hatte für sich beschlossen, ihren Aufenthalt morgen Mittag abzubrechen.

Doch am heutigen Morgen wurde ihre Hartnäckigkeit belohnt. Kein Zweifel. Sie entdeckte ihn gerade noch, als er zusammen mit einem italienischem Mountainguide, zur Personalfahrt mit zustieg. Auch ohne Narbe hätte sie ihn sofort erkannt. Nun besaß er zwar eine Bahn Vorsprung, allerdings trug er eine leuchtende, orangegelbe Skihose zum schwarzen Oberteil, sodass sie ihn ohne Probleme auch aus großen Menschenansammlungen filtern konnte. Außerdem wusste sie um sein Ziel.

Als das Chamäleon oben auf der Gondelstation ankam, begannen er und sein Guide gerade mit dem Abstieg zum Startpunkt der Gletschertour. In gebührenden Abstand folgte sie ihnen. Auch dieses Mal verschmolz das ‚weiße' Chamäleon harmonisch mit der ebenso weißen Landschaft.

Kurz vor dem Erreichen der Unglücksstelle, pausierten die beiden. Unmittelbar an einem Eisgebilde, was wie ein Mammut aussah. Eine Spielerei der Natur. Nach wenigen Minuten setzten sie ihren Weg fort. Zu ihrer großen Überraschung waren sie plötzlich zu dritt. Eine Erklärung fand sie dafür nicht, denn nur zwei Spuren führten zum Mammut und trotzdem waren sie plötzlich drei Personen. Quasi so, als wenn sie die dritte Person von einer Hütte abgeholt hätten. Nur gab es dort definitiv keine Hütten. Offenbar ein Phantom. Nicht ‚Das Phantom der Oper', sondern vielmehr ‚Das Phantom aus dem Gletscher'.

Lange konnte sie sich mit diesem Phänomen nicht beschäftigen, denn sie beobachtete, wie das Phantom den beiden anderen, an der Abbruchkante etwas erklärte. Nach einer intensiven Untersuchung der Kante, seilte das Phantom, Jörg Illmer in die unmittelbar vorgelagerte Gletscherspalte ab. Fünfzehn Minuten später erschien er wieder. Durch ihr Fernglas erspähte sie zwei Dinge in seiner Hand. Einen Bierdeckel sowie eine verformte Kugel. Unzweifelhaft eine Gewehrkugel, die aus ihrem Lauf stammen musste.

Ihre Gedanken rasten.

Sie checkte kurzerhand den Hangverlauf, beurteilte die Lage sowie ihre Möglichkeiten. Schnell stand ihr verwegener Entschluss fest. Aus ihrem Rucksack fischte das Chamäleon einen grünen Behälter und entnahm den faustgroßen Gegenstand. Sie wog es in der Hand und überprüfte kurz das Teil.

Jetzt oder nie !

## 027

„Schaut euch dies hier einmal genauer an." Dabei zeigte Abele auf die Abrisskante des Eisblocks, der Marcello Rapo den Tod brachte. „Die zwei scharfen Linien sehen wie gefräst aus und nicht wie eine typische Bruchkante, die man erwarten würde."

Nun begutachteten Giulio und York die Kante. „Seltsamer Weise geht der Riss nicht komplett durch. An den letzten fünf Zentimetern enden die beiden Linien und laufen spitz zu. Danach entspricht es der zu erwartenden Bruchkante." York rieb unbewusst an seiner Narbe. „Wahrscheinlich ist es

Unsinn, aber unter der Lupe sieht es aus, als wenn diese Linien durch Geschosse verursacht wurden. Etwa wie aus einem großkalibrigen Gewehr."

„Geht so was überhaupt?" fragte Abele zweifelnd. „Zwei so präzise Schüsse und das hier mitten in der Wildnis."

„Sehr schwierig, sicher, allerdings nicht unmöglich für einen Präzisionsschützen." Nachdenklich schaute York die beiden an. „Wenn wir einmal davon ausgehen, dass diese Einschläge tatsächlich von Gewehrkugeln stammen, dann sollten wir vielleicht auch diese Kugeln finden können."

Die Gesichter der beiden Bergführer drückten Skepsis aus. „Meinst Du nicht, dass wir da zu viel hinein interpretieren?" Abele blickte ungläubig, währenddessen Giulio die unmittelbare Umgebung in Augenschein nahm.

„Ich bin mir nicht sicher, aber direkt hier in der vorgelagerten Gletscherspalte, liegt etwas." Nun schauten alle drei in die knapp zehn Meter tiefe, enge Spalte. Irgendetwas ungewöhnliches lag da. Giulio grinste. „Sieht aus wie eine Flasche Bier."

„Lasst uns dem auf den Grund gehen und seilt mich ab." York zog seine Steigeisen an und löste seinen Eispickel vom Gurt.

Routiniert gab Abele mehr Seillänge, sodass York langsam in die Gletscherspalte hinein glitt. Das blanke Eis strahlte im oberen Bereich in einem türkisfarbenen Ton und bekam nach fünf Metern immer mehr blaue Nuancen dazu. Ganz klar erschien das Eis und es war nicht genau auszumachen, wie weit der Blick ins Eis hineinreichte. Eine mystische Welt. Mit einem leichten Ruck bedeutete er Abele, dass er kein weiteres Seil mehr brauchte. Kurz blickte York nach oben und sah oberhalb der Öffnung, einen tiefblauen Himmel. Gewohnheitsmäßig wollte er seine Fotokamera zücken, um diesen magischen Moment fest zu halten, besann sich jedoch augenblicklich wieder auf seine kleine Mission.

Suchend blickte er sich um. Tatsächlich. Eine Flasche Bier schaute ihn an. Von einem Bierdeckel. Er las: ‚MONT BLANC LA BLANCHE, 4.7°'. Innerlich zuckte York zusammen. Wohlstandsmüll hier mitten im Nirgendwo. Werbung für ein französisches Weißbier, angeblich mit den Gletscherwassern des Mont Blanc gebraut. Natürlich kannte er dieses Bier und neben dem Birra Moretti, ist es eines der populärsten Biere in dieser Gegend. Frustriert nahm er den Bierdeckel in die Hand und drehte ihn um.

Mit Kugelschreiber war darauf etwas gekritzelt. Nicht mehr gut leserlich. Dennoch durchfuhr ihn ein Adrenalinstoß, als er das Wort ‚Porto Passat' entzifferte. Das bedeutete nichts anderes als ‚Passathafen'. Ganz sicher ! Vier Stichpunkte gab der Bierdeckel her: SD Mappa / Porto Passat / Scalo di alaggio per barche / 2. Albero. York verstand nicht alles, aber der Bierdeckel gehörte unzweifelhaft zu Marcello Rapo. Eine versteckte Botschaft – ein Gruß aus dem Jenseits ? Ihm fröstelte.

Mit Hilfe seiner kleinen Taschenlampe, leuchtete er den eisigen Grund ab. Eine Reflexion lenkte seine Aufmerksamkeit auf einen schmalen Vorsprung. Mit Hilfe seines Eispickels und den Steigeisen, bewegte sich York seitwärts, ähnlich einer Spinne. Beinahe wie auf einem Minialtar, lag dort ein verformtes Stück Metall. Unbestreitbar eine Kugel. Eine Gewehrkugel. Ziemlich sicher eine der Gewehrkugeln, die seine Theorie untermauern würde.

Ein lautes, hässliches Knarrzen schreckte ihn hoch. Gerade als er eine zweite Kugel ausmachte. Etwas weiter, an einer unzugänglichen Stelle. Da er nicht vorhatte, sich länger als nötig in dieser Gletscherspalte aufzuhalten und auch keine Ambitionen verspürte, Eis abzuschlagen, um an die zweite Kugel heran zu kommen, zog er drei Mal am Seil. Das Signal zum Hochziehen.

„Es wurde auch langsam Zeit" empfing ihn Abele. „Der Gletscher erwacht. Durch die Sonne heizt er sich auf und es kommt zu unkontrollierbaren Bewegungen der Sèracs sowie

Eisschlag. Da wirst Du in so einer Spalte unweigerlich zerquetscht."

Triumphierend hielt York den beiden Mountainguides die Kugel und den Bierdeckel hin. Abele nickte anerkennend. „Incredibile – Unglaublich!" entfuhr es Giulio.

„Die Übersetzung nehmen wir im Tal vor. Vielleicht ist es eine Botschaft. Einen Beweis, der gegen ein Unglück natürlichen Ursprungs spricht, haben wir auf jeden Fall." Nebenher entledigte sich York der Steigeisen und verstaute seine Fundsachen im leeren Kreidebeutel.

„Unglaublich, aber nun fahren wir erst ins Tal ab. Wir haben noch gute Schneebedingungen. Es wird weiter wärmer. Je später wir loskommen, je mehr müssen wir laufen." Vorsichtig tasteten sie sich aus dem Labyrinth der Spalten zurück in den Tiefschnee.

Gerade als sie sich anschickten, den zweiten Schwung zu fahren, tat sich ihnen die Hölle auf.

Eine weiße Hölle.

## 028

Travemünde
Mi-08.Aug-2018

Die italienischen Behörden hatten sich mit den französischen Behörden insoweit kurzgeschlossen, dass die Rechtsmedizin in Aosta die Leiche obduzieren konnte. Auf dem kleinen Schreibtisch von POK Stina Wallison, lagen nun vierundzwanzig ausgedruckte Seiten der Leichenbeschauung. In italienisch ! Zum Glück konnte ihr Dr. Kevin Roche, der noch junge Leiter der Lübecker Rechtsmedizin, die wichtigsten Erkenntnisse übersetzen.

In ihrem Büro befanden sich neben Dr. Roche, noch ihre Kollegen Hans und Malte sowie der neue Hauptkommissar Lennart Leuchter, vom MD.1 aus Lübeck. An Hand beigefügter Fotokopien erläuterte Dr. Roche, in verständlicher Sprache, die Fakten. Eines der Fotos zeigte eine klaffende Öffnung im Herzbrustkorbbereich. „An der Zuspitzung könnt ihr hier deutlich sehen, wie die Eisspitze sich in das Herz des Körpers gebohrt hat. Er muss augenblicklich tot gewesen sein." Angewidert blickte Hans zur Seite.

Dr. Roche führte weiter aus. „Im Rückenbereich weißt der Mann eine Verletzung auf, die durch Glassplitter einer Rotweinflasche herrühren. Sie sitzen sehr tief im Gewebe und können nicht nur durch einfaches zersplittern, also zum Beispiel einen Sturz, bis dorthin eingedrungen sein. Die Glassplitter sind eher explosionsartig in das Gewebe eingedrungen. Das gängigste Szenario ist, dass die Glassplitter beschleunigt wurden. Etwa durch den Aufprall eines Hochgeschwindigkeitsgeschosses. also einer Gewehrkugel." Kevin Roche schluckte kurz. „Stina, wie ich Dir bereits am Telefon mitgeteilt habe, empfehlen die italienischen Kollegen den Fall auch hier näher zu untersuchen."

„Darum habe ich auch schon den Durchsuchungsbeschluss dabei" vernahmen nun alle den Bass von Hauptkommissar Leuchter. „Wir drehen im Souvenirshop alles auf links. Soweit ich informiert bin ist dort auch seine Meldeadresse." Als ehemaliger Leiter des Spezialeinsatzkommandos in Münster, stellte er in Lübeck so etwas wie die berittene Kavallerie dar. Die Kollegen, welche es ironischer ausdrückten, sprachen von dem berühmten Elefanten...

Stina Wallison nahm Hans kurz beiseite und gab ihm Instruktionen. Sie wollte gerne den Hauptkommissar Anders Andersen, von dem Travemünder Polizeirevier, bei dieser

Aktion dabei wissen. Leuchter erschien ihr ein Stück weit zu forsch. Mit solchen Typen hatten sie bisher immer Probleme bekommen. Über kurz oder lang.

„Zerlegt nicht die ganzen Möbel, aber legt euer besonderes Augenmerk auf alles, was nichts mit dem Souvenirshop zu tun hat. Das tüten wir alles ein und nehmen es zur späteren Auswertung mit." Wallison bedachte Dr. Roche mit einem kurzen Nicken. „Dir…"

„…Ich führe das Feld an und alles hört auf mein Kommando" schnarrte Leuchter dazwischen. „Wallison, Sie…"

Wallison ließ den verdutzten Hauptkommissar einfach stehen und bedankte sich beim hinaus gehen bei dem Rechtsmediziner. Kevin Roche errötete wie eine Tomate.

Dagegen entwich dem Hauptkommissar jegliches Blut aus dem Gesicht.

# 029

Monte Bianco/I

Mit geübtem Griff entsicherte das Chamäleon die leicht modifizierte RGD-5 Sprenghandgranate. Der Aufschlagzünder war auf die sensibelste Stufe eingestellt. Bei dem geringsten Widerstand würde die eiförmige Granate explodieren. In verschiedenen Krisengebieten konnte sie sich mit eigenen Augen davon überzeugen, wie viel Gewalt und unsägliches Leid dieses Stück Metall über Menschen bringt. Mit einer speziellen Technik nahm das Chamäleon Schwung auf und schleuderte die knapp dreihundertfünfzig Gramm schwere

Kapsel, soweit es ihr möglich war, im rechten Winkel von sich. In Richtung der Sèracs. Dabei beschrieb die Granate eine bogenförmige Bahn und schlug über fünfunddreißig Meter weiter, direkt vor die Füße der Mammutskulptur auf. Keine schlechte Distanz konstatierte sie in Gedanken. Kurz vor dem Kontakt, suchte das Chamäleon Deckung hinter einem kleinen Felsen und hoffte, dass die entstehende Druckwelle, nur den weiter unten liegenden Bereich in Bewegung setzte.

Im Moment des Aufpralls reagierte das hochwirksame Hexogen augenblicklich. In einem orangefarbenen Lichtblitz, gefolgt von einer Detonation, explodierte der Sprengsatz. Das in Eis ,erstarrte' Mammut gab ein gequältes Knirschen von sich und stürzte in sich zusammen. In die Sèracs kam Bewegung. Mit einem hässlichen Quietschen und Grollen, rumpelten tonnenschwere Eismassen talwärts. Sie lösten eine Kettenreaktion bis weit über hundert Meter aus. Gleichzeitig bewegte sich daneben die komplette Schneedecke.

Wie in einem Wildwasserfluss.

## 030

„ *Wenn Du durch die Hölle gehst, geh weiter.* "
*(Winston Churchill)*

Urplötzlich begann der Schnee unter den Skiern von York zu fließen. „Lavanga !!" rief Abele und „Avelanche !!" versuchte sich Giulio noch lautstark gegen das dumpfe Poltern der berstenden Eisbrüche durch zu setzen.

Eine weiße Hölle entfachte sich mitten um sie herum. Instinktiv löste York seinen JetForce-Rucksack aus. Mit einem Ploppen wurde, durch einen Batteriebetriebenen Düsenstrahl, ein zweihundert Liter fassender Luftsack gefüllt, innerhalb nur drei Sekunden. Die Theorie dahinter ist, dass eine Person mit diesen zusätzlichen Luftpolstern, oberhalb einer Lawine mitschwimmt und nicht vergraben wird. In den ersten zehn Sekunden versuchte York noch auf dem fließenden Schnee zu fahren und die seitliche Bruchkante zu erreichen. Aus den Augenwinkeln heraus registrierte er, das Giulio bereits unkontrolliert in der Schneemasse trieb. Helfen konnte er ihm jedoch nicht. Sein orangefarbener Airbag hielt ihn derzeit überwiegend an der Oberfläche.

Kurz vor der rettenden Seitenkante riss es York doch noch um. Zum Glück löste sich seine Skibindung sofort von den Füßen, sodass die Schneemassen keinen zusätzlichen Hebel für unweigerlich nach sich ziehende Beinbrüche bekamen. Der Stöcke hatte er sich sofort entledigt. Im Gelände fädelt man aus Sicherheitsgründen, seine Hände nie in die vorgesehenen Schlaufen. Trotz Airbag kam es York wie in einer Wäschetrommel vor. Gefühlte zehn unkontrollierte Körperrotationen später, kam er zum Stillstand.

Unterhalb der Lawine ! Das zur Theorie.

Bewegen konnte er sich nicht. Alles um ihn herum war dunkel. Nur ein kleines Atemloch war ihm geblieben. Durch sein antrainiertes Wissen in zahlreichen Lawinenseminaren, hatte er mit den Händen sein Gesicht und die Atemwegsöffnungen geschützt sowie zugleich bei Stillstand ein Atemhohlraum erhalten, wenn auch nur einen kleinen. Ein klein wenig Sauerstoff. Für wie lange würde die Luft reichen ? Wann würde Hilfe eintreffen und wie lange dauerte es, bis die Retter einen fanden ? Falls überhaupt.

Er versuchte seinen Puls so schnell wie möglich zu beruhigen, obwohl das freigesetzte Adrenalin ihn unter Strom hielt. Schlafen sollte man jetzt. In der Theorie. Unterhalb einer Lawine kam es auf jede Sekunde an. York wusste, dass im

Schlaf ein Mensch weniger Sauerstoff verbraucht. Trotzdem war an Schlaf nicht zu denken.

Nach einer Stunde sterben neunzig Prozent der Lawinenverschütteten, welche bei Stillstand noch leben. Eine Stunde hatte er sicher nicht zur Verfügung.

Nun nahm er das surren des Düsenstrahls wahr. Bis drei Minuten nach Auslösung des Airbags, pumpte das System Luft in den Luftsack, falls er löchrig war. „Wie viel Zeit war seither vergangen ?"

Sein Atem wurde zusehends ruhiger und flacher. Bewusst atmete er langsam ein und langsam wieder aus. Panik würde seinen ohnehin kleinen Sauerstoffvorrat rapide verringern. Eine schier endlose Zeit verrann. Auf einmal war es ruhig. Gespenstisch ruhig. Raum und Zeit verschmolzen. Das System stellte seinen Betrieb ein.

Gut für ihn.

Erst nahm York ein leises Zischen wahr, dann wurde es lauter. Der zweihundert Liter Sack erschlaffte nun und verschaffte ihm mehr Atemluft und sogar Bewegungsfreiheit an den Armen. Sehr viel brachte ihm das nicht, denn unglücklicherweise lag er beinahe kopfüber unter der Lawine. Anhand seines Speichelflusses, erspürte er die ungefähre Körperlage. Das mehr an Atemluft verschaffte ihm jedoch mehr Zeit. Seine Chancen, dieses Unglück zu überleben, stiegen deutlich an. Zugleich hörte er die Stimme von Abele. Klar und deutlich. Er versuchte ihn anhand des Verschüttetensuchgerätes zu lokalisieren. Rufen brauchte York ihn nicht. Zwar konnte er alles hören, was oberhalb gesprochen wurde, doch seine Höhle war zu hundert Prozent Schallisoliert. Deshalb verhielt er sich vollkommen ruhig. Sauerstoff sparen. Er war darauf angewiesen, dass ihn Abele rasch fand und ausgrub.

Yorks Gedanken kreisten derweil um seine Familie, Stina und seine Freunde. Für ihn war es jetzt noch ein viel zu früher Zeitpunkt, als dass sein Lebenslicht erlosch. Er hatte noch viel vor und lebensbejahend war er sowieso. Auch wenn Freunde ihn oft gefragt hatten, ob er suizidgefährdet sei, da er Sport am Limit betrieb und sich somit oft vermeintlichen Gefahren aussetzte. Doch genau das Gegenteil war der Fall. York liebte das Leben und versuchte es so bewusst, wie möglich zu gestalten und zu erleben. Alle Grenzerfahrungen beruhten auf ein langes, intensives Training, Erfahrungswerten und mentaler Vorbereitung. Dem Zufall wird dabei in der Regel nichts überlassen. Nur so ist gewährleistet, dass das Risiko Richtung Null tendiert. Das Restrisiko, was es zweifelsohne gibt, liegt niedriger, als das Risiko, sich im normalen Straßenverkehr zu bewegen. Ein Risiko, dem sich beinahe jeder täglich aufs Neue aussetzt.

Einen Augenblick später spürte York, wie jemand seine Beine abtastete. Abele hatte ihn gefunden. Keine zwei Minuten später wurde er aus seiner misslichen Lage herausgezogen.

„Hast Du Dir irgendetwas gebrochen ? Was macht Dein Kreislauf?" Abele tastete ihn gründlich ab und rieb dabei seine Extremitäten, nachdem er festgestellt hatte, dass York soweit in Ordnung war. „Ich brauche Dich gleich halbwegs fit."

„Danke Abele ! Was ist passiert ? Haben sich die Sèracs in Bewegung gesetzt und dabei die Lawine ausgelöst ? Die einhergehende Druckwelle hatte es in sich."

„So ähnlich" erwiderte Abele. „Das war kein natürlicher Abgang. Der Druckwelle ging eine Explosion voraus. Eine Vorstellung habe ich nicht. Vielleicht hat hier irgendein ein Wahnsinniger eine Mine deponiert." Entsetzt schaute York ihn an. „Die Rescueeinheit und Gendarmerie habe ich bereits informiert. Die müssten gleich einfliegen." Abele nickte ihm zu. „Nun bist Du fürs Erste wieder im Leben. Kannst Du schon mit Helfen, um Giulio zu lokalisieren ? Hoffentlich hat ihn keine tiefe Spalte verschluckt."

„Na klar. Wie teilen wir uns auf ?" Nach kurzer Absprache scannten sie, jeweils von links und rechts des Lawinenverlaufes, die Schneedecke und arbeiteten sich langsam, aber systematisch talwärts. Erschwert wurde ihre Arbeit dadurch, dass sie keinen Punkt hatten, wo er zum letzten Mal gesehen wurde. Bisher waren sie auch nur zu zweit. In diesem Fall ging Gründlichkeit vor Schnelligkeit. Sollte er in eine Gletscherspalte gespült worden sein, dann war zu befürchten, dass, je nach Tiefe der Spalte, einige Tonnen Schnee auf ihm lasteten.

Eine furchtbare Vorstellung.

## 031

Travemünde

„Haben wir es hier mit einem Verbrechen zu tun ?" Erwartungsvoll blickte der Monteur des angeforderten Schlüsseldienstes in die Gesichter der vielen Polizisten. Da ihm darauf niemand weiter antwortete, zuckte er nur mit den Schultern und entfernte sichtlich schwitzend den Schließzylinder. „Das ist ein sehr hochwertiges Schloss. Kaum zu knacken. Sie sehen ja, wie schwierig es war." Der Monteur wischte sich den Schweiß an seinem Blaumann ab. „Wer bezahlt jetzt meine Dienstleistung ?"

„Senden Sie Ihre Rechnung an diese Dienststelle" schnarrte Hauptkommissar Leuchter und drückte ihm beim hinein gehen eine Visitenkarte in die Hand. Es hatte den Anschein, dass der Handwerker etwas erwidern wollte, aber Leuchter kam ihm zuvor. „Bitte keine Fantasiepreise – wir sind die Polizei !" Das Gespräch war für ihn damit beendet. Hinter sich schloss er die Tür.

„Im Ladengeschäft gibt es nur Kitsch. Interessant wird es im hinteren Bereich. Dort steht ein Hightech Drucker sowie ein Kopierer der absoluten Spitzenklasse." Hans deutete auf die beiden Geräte. „Falls es hier einen Computer oder Laptop gegeben hat, dann ist der nicht mehr da. Einen WLAN Router gibt es in der Ecke dort."

„Dann seht euch mal diese kleine, aber feine Druckerpresse an." Hauptkommissar Anders Andersson inspizierte das Gerät. „So etwas habe ich bisher nur bei den Kollegen in Texas geseh…" staunte er.

„…Was soll das denn für ein Ding sein ? Kann es fliegen oder gar schießen ?" Leuchter vom MD.1 fuhr ihm hochnäsig dazwischen. „Wenn ich das schon höre: die Kollegen aus Texas. Zaubern können die auch nicht !"

„Immerhin kann man hiermit wunderbar Banknoten drucken. US Dollar, um ganz präzise zu sein. Mit den richtigen Druckplatten und entsprechendem Papier, ist dies die Basis zur ersten Million" gab Andersson süffisant zum Besten. „Hier, diese kleinen Papierreste sollte sich die KTU näher anschauen. Ich verwette einen Hamburger darauf, dass dies die Grundlage für Dollarnoten sind. Die alten Scheine sind relativ leicht zu fälschen und haben sich seitdem achtzehnten Jahrhundert kaum verändert. Natürlich versucht die Federal Reserve Bank die neuen Banknoten sicherer zu gestalten, aber es sind genug alte Banknoten im Umlauf." Er drehte sich nun zu seinen Kollegen um. „Wen es interessiert. Es gibt in den USA Banknoten im Wert von fünftausend, zehntausend und sage und schreibe zehntausend US-Dollar. Die werden zwar nicht mehr gedruckt, aber es sind noch offizielle Zahlungsmittel."

„Für einen Souvenirshop ist der Laden technisch mehr als auf der Höhe" brachte sich Wallison ein. „Das sieht mehr nach Mafiastrukturen aus. Malte, was hat es mit dem Gerücht von dem Fischer auf sich ?"

„Ich bin dem Gerücht natürlich nachgegangen. Er will in der Nacht von letzter Woche Dienstag auf Mittwoch, einen lebensmüden Mann aus dem Wasser gefischt haben. Die Beschreibung passt auf unseren Hausherrn hier. Ich habe den Fischer zu vierzehn Uhr auf das Revier einbestellt. Vielleicht kann er noch detailliertere Angaben machen."

„Hier ist nicht mehr viel zu finden. Offensichtlich hat der Tote soweit alles aufgeräumt oder dieses Zimmer wurde von anderen gescannt. Es gibt nur Fingerabdrücke von einer Person und die werden von Rapo selbst stammen." Frustriert wandte sich Lennart Leuchter dem Ausgang zu. Niedere Polizeiarbeit war ihm zuwider. „Sie halten mich selbstverständlich auf dem Laufenden." Es klang so, als wenn ein König zu seinen Lakaien sprach. So wollte er es wohl auch verstanden wissen.

Mit einem Mal stand Karl Vögele im Shop. „Sorry, Dich hatte ich ganz vergessen" entschuldigte sich Stina Wallison. „Dafür habe ich jetzt Zeit für D…"

„Stina, das ist jetzt zweitrangig. Ich…" Er blickte ernst drein und nahm Stina beiseite. „Also, meine Amateurfunkkollegen haben wieder mal vom Mt. Blanc berichtet. Ich möchte Dich wirklich nicht beunruhigen, aber es ist wohl, ähem…"

Stina Wallison überkam ein mulmiges Gefühl. „Nun raus damit, Karl" trieb sie ihn an.

„Es ist im Mt. Blanc wohl zu einem gewaltigen Lawinenabgang gekommen. Es hat den Berichten zufolge, eine kleine italienisch-deutsche Gruppe erwischt. Mindestens eine Person wird noch vermisst. Die Lage vor Ort ist ziemlich unübersichtlich. Auf dem Sender RAI gab es schon einen Kurzbericht. Ich dachte nur, wo doch York…"

Die sonst so unerschütterliche Oberkommissarin schwankte. Zitternd holte Stina ihr Handy aus der Seitentasche der Uniformjacke. Es glitt ihr aus der Hand und schlug dumpf auf den Teppichboden.

Der großgewachsene Andersson eilte ihr zu Hilfe. „Was ist mit Dir ? Kreislaufprobleme ?" erkundigte er sich fürsorglich und reichte ihr das Telefon.

Stumm und mit leerem Blick schaute sie zu Andersson auf. Langsam tippte sie, wie abwesend, eine Kurzwahlnummer ein. Der Name York leuchtete auf.

Der Anschluss wurde hergestellt und über den Lautsprecher konnte man das Klingeln vernehmen. Immer wieder nur das Klingeln, aber York nahm nicht ab.

Kreidebleich sank Stina auf den Stuhl neben den Verkaufstresen. Tränen rannen über ihr schönes Gesicht.

## 032

Monte Bianco/I

*„Ich habe geweint, weil ich keine Schuhe hatte,*
*bis ich einen traf, der keine Füße hatte."*
*(Giacomo Leopardi)*

Entschlossen sondierten Abele und York das Terrain des Lawinenkegels. Die besondere Schwierigkeit lag nun darin, dass durch die Schneemassen, alle Gletscherspalten zugeschüttet waren. Somit mussten sie gründlicher als gewöhnlich die Schneedecke scannen. Zum Glück waren beide versiert im Umgang mit dem LVS-Verschüttetensuchgerät. Das geniale Gerät konnte senden oder empfangen. Im normalen Betrieb sendete es permanent. Wenn jemand verschüttet war und gesucht werden musste, dann wurde es in den Empfangsmodus des Sendesignals umgestellt. So lange kein

weiterer Lawinenabgang erfolgt, der die Suchenden gefähr-
det, weil sich ihre Geräte nun nur noch im Empfangsmodus
befinden, ist alles save. Die Retter müssen sich einerseits auf
die Suche konzentrieren und andererseits ständig die Umgebung im Auge behalten, falls eine weitere Lawinenauslösung
erfolgt. Dies ist nicht eben selten. Es kommt einem Ritt auf
der Rasierklinge gleich.

In der Regel blenden die Retter solche Gefahren erfolgreich
aus, ansonsten fände sich niemand mehr für derartige Einsätze. In diesem Fall war der Verunglückte ein guter Freund
der beiden Suchenden. Abele brachte seine ganze Erfahrung
in die Rettungsaktion mit ein. Er versuchte, das ihm weitest-
gehend bekannte Gelände auf sein inneres Auge zu legen, zu
lesen und zu interpretieren. Wo waren mögliche Spalten, in
die er vielleicht geschleudert wurde ? Wo steht ein Felsen,
vor dem Giulios Körper möglicherweise gestoppt wurde ?
Die Lawine hatte die Landschaft komplett verändert.

Auch York besaß viele praktische Erfahrungen im Zusammenhang mit Lawinen. Für seinen Geschmack zu viel. Im
Januar neunzehnhundertneunundachtzig, entkam er nur
knapp dem weißen Tod. Bei Kameraarbeiten in Südtirol,
löste sich zweihundert Meter oberhalb seiner Position, eine
fünfzig Meter breite und vierhundert Meter lange Lawine.
Der Snowboarder, welcher die Lawine ausgelöst hatte, über-
lebte, musste sich allerdings zwei Jahre mit Wasser in der
Lunge plagen. York, der durch den kleinen Schwarzweiß-
sucher der Filmkamera, die Lawine nicht kommen sah, wurde von dieser Lawine zum Teil verschüttet. Hieraus konnte
er sich selbst wieder befreien. Allerdings löste die erste, einen
zweiten Lawinenabgang aus. Die verschüttete ihn komplett.
Zum Glück fanden ihn die restlichen Teammitglieder sehr
schnell, obwohl zu diesem Zeitpunkt die LVS Geräte erst in
der weiteren Entwicklungsphase waren und dem Team nicht
zur Verfügung standen. Die Jahre zuvor hatte noch niemand
einen Lawinenabgang an diesem Hang überlebt.

In den darauffolgenden Jahren gehörte York oft zu einem Rescueteam, das Lawinenopfer mal lebend und mal nur noch tot bergen konnte. Jetzt kam ihm die lange Freundschaft zu Giulio in den Sinn. Einem Freund, wie es nicht viele gibt. Ausgeglichen und umsichtig. Immer freundlich gestimmt und lebensbejahend. Mit den Bergen verwurzelt. Sie hatten gemeinsam fantastische Skitouren erlebt und daraus hat sich eine sehr private Freundschaft entwickelt. Seinen schmerzenden Muskeln und schwindenden Kräften, gaben diese Rückblenden neuen Antrieb. Er musste ihn finden. Lebend ! York verdrängte jeden Gedanken daran, etwa Giulios Ehefrau Michaela und seinem Sohn Pietro, eine Hiobsbotschaft überbringen zu müssen. Fünf weitere Minuten waren bereits vergangen. Gefühlt eine halbe Stunde. Fünf Minuten, welche über Leben und Tod entscheiden konnten.

Fast zeitgleich schlugen beide LVS-Geräte an. Auf dem Display zeigte sich nun die Position des Senders. Fünfzehn Meter von Yorks Position. Auch Abele bewegte sich nun schnell darauf zu. Nach zwei Minuten erreichten sie die Position. Jetzt waren sie offensichtlich genau über Giulio. Allerdings vier Meter über ihn. Pro Kubikmeter drückt dieser Schnee mit rund zweihundert Kilogramm. Durch die Kompression und die Sonneneinstrahlung tendenziell stark zunehmend. Sofort begannen beide mit dem graben.

Das typische Flap-flap von Rotorblättern vernahmen sie ebenfalls. Das Geräusch näherte sich schnell. Der Pilot hielt den Rescue Helicopter, eine über eintausendachthundert PS starke Bell 412, dreißig Meter weiter seitlich von ihnen im Schwebeflug. Dennoch wehten ihnen Schnee- und Eiskristalle wie spitze Nadeln ins Gesicht. Abele bedeutete dem Piloten, das Rescueteam abzusetzen und grub weiter. Jede Sekunde zählte !

Nun gruben sich vier weitere Helfer an Giulios Position heran. Vier frische Kräfte. Die Spalte war ungefähr zwei Meter geöffnet und beinahe zwanzig Meter breit.

Noch einen Meter.

Vorsichtig setzten sie die Schaufeln an, damit die scharfen Kanten nicht sein Gesicht verletzten. Den letzten halben Meter gruben sie mit ihren Händen. Zuerst gelangten die Beine zum Vorschein. Sie zuckten bei der ersten Berührung. Ein gutes Zeichen.

Auch Giulio hatte Glück im Unglück. Der erschlaffende Airbag verschaffte ihm ebenfalls einen relativ großen Hohlraum. Viel Zeit wäre ihm jedoch nicht mehr geblieben. Durch die Schlaftechnik reduzierte er den Sauerstoffverbrauch so stark, dass es gerade so eben ausreichte, um die vierzig Minuten unter der Schneedecke zu überleben.

Seine glasigen Augen wurden durch die frische Luft rasch klarer. Sein Blick fiel auf die gegenüber emporragenden Granitzinnen. „Padre nel cielo Grazie per avermi permesso di provare questa visione !" murmelte Giulio. "Vater im Himmel. Danke, dass ich diesen Anblick noch erleben darf !" Dabei verzog er schmerzhaft sein Gesicht. „La mia gamba destra. Fa male – mein rechtes Bein schmerzt."

Inzwischen waren drei weitere Helikopter dazu gekommen. Sie setzten jeweils ihre Teams ab und hielten sich im Umkreis von fünfhundert Metern, in einer Art Warteposition, in der Luft. Landeplätze gab es hier nicht wirklich. Unter den Personen war auch Capitano Danilo D'Angelo von den Carabinieri aus Courmayeur. Wort und Gestenreich diskutierte er mit Abele. Der Capitano zählte nur drei Personen, obwohl oberhalb eindeutig vier Spuren in diesen Teilbereich hineinführten. Wo nur war die vierte Person ? Auf den Displays der LVS-Pieps gab es keine weiteren Signale.

Eine Person ohne Pieps ? Fieberhaft suchte eine der Gruppen noch einmal den Lawinenkegel ab. Sollte die Person in eine Spalte gefallen sein, die tiefer als siebzig Meter ist, dann zeigen die Geräte dies nicht mehr an. Die Überlebenschance in dieser Tiefe tendiert in Richtung Null. Die Sturzhöhe, die Schneemassen, alles spricht gegen ein Überleben. Bis man sich dorthin gegraben hat, ist sowieso alles Leben ausgehaucht.

Ein kleinerer Hubschrauber schraubte sich in die Höhe und flog den Bereich unterhalb des Lawinenkegels ab. Über Funk berichteten sie schon kurz danach, dass sie eine Skispur, etwas seitlich der Seracs entdeckt hatten. Diese verlor sich jedoch einen Kilometer weiter in dutzenden von Spuren, die aus dem Tal hinausführten. Der Vorsprung dieser Person war mittlerweile so groß, dass es keinen Sinn machte, das Tal am unteren Ende abzuriegeln.

Mittlerweile waren sich die Experten nämlich einig, dass eine Detonation den Eissturz und die Lawine ausgelöst hatte. Bis zur genauen Klärung aller Umstände, wollten sich die Carabinieri hier noch nicht festlegen. Sie tippten jedoch auf eine Sprengladung und da eher auf eine Handgranate. Somit lag ein schweres Verbrechen vor und sie hatten die zusätzliche Aufgabe, nach einem Killer zu suchen. Sie informierten ihre französischen Kollegen und baten um Amtshilfe. Allerdings war die Aussicht auf einen schnellen Erfolg gering. Zu viele Menschen, zu wenig Polizisten und vor allem wusste ja auch niemand, wen sie letztendlich suchten. Es gab einfach keinerlei Personenbeschreibung. Bei einer Nadel im Heuhaufen wusste man wenigstens, dass man eine Nadel sucht.

Der Notarzt diagnostizierte bei Giulio einen Muskelbündelriss am Musculus biceps femoris, dem hinteren Oberschenkel. Die Bell 412 schwebte langsam wieder heran und hievte Giulio, zusammen mit dem Notarzt, mittels einer Seilwinde an Bord des Rescue Helicopters. York und Abele wurden ebenso an Bord genommen und ins Krankenhaus nach Aosta geflogen. Um die Autos kümmerten sich die Carabinieri.

Im Krankenhaus wurde Giulio medizinisch weiterversorgt und auch Abele und York checkten sie sicherheitshalber noch einmal komplett durch. Die beiden hatten tatsächlich keine Blessuren davongetragen. Abele hatte die Druckwelle. außerhalb des Lawinenflusses in den Schnee geschleudert. Darum konnte er relativ schnell mit der Vermisstensuche starten. Zuvor setzte er einen Notruf ab.

Einen ‚Notruf...' setzte auch York ab. Er informierte Stina in einem kurzen Telefonat, dass alle wohlauf sind und das hinter dem Tod von Marcello Rapo gefährliche Drahtzieher am Werk waren.

Keine halbe Stunde später entließen die Ärzte alle drei Patienten. Giulio konnte sich allerdings nur mit Hilfe von Krücken fortbewegen. Zehn bis zwölf Wochen Pause wurde ihm verordnet. Eine lange Zeit für jemanden, der sein Brot mit Klettern und Skifahren verdient. Deshalb beschloss York, ihm einen Vorschlag zu unterbreiten.

„Du bist mir noch einen Besuch an der Ostsee schuldig" begann er. „Wie Du mir erzählt hast, fährt Deine Frau morgen mit Deinem Sohn für zwei Wochen nach Mailand, um ihre Eltern zu besuchen. Sie sollen ihren Plan nicht ändern. Dafür fliegen wir beide heute Abend nach Hamburg und fahren weiter nach Travemünde." York sah, wie Giulio etwas erwidern wollte. „Nur die zwei Wochen. Dort bekommst Du eine kompetente Physiotherapeutin zur Seite gestellt. Dann wirst Du bestimmt nur sechs bis acht Wochen pausieren müssen und für die Seele verordne ich Dir den einen oder anderen Segeltörn. Deal ?"

Lange überlegte er nun nicht mehr und nahm das Angebot freudig an. „Deal !"

Während Giulio mit seiner Frau telefonierte, rief York erst Daniell Holter an, der ihm die Flugtickets reservierte und danach bei Körperkult in Travemünde, wo die Physiotherapeutin Franziska ein EMS-Trainingsstudio betreibt. „Gleich morgen Nachmittag hast Du Deinen ersten Sondertermin bei Franzi" freute sich York. „Check und Lymphdrainage. Dein Riesenhämatom soll sich auf keinen Fall verkapseln. Wir müssen nur bis spätestens um neunzehn Uhr in Mailand Malpensa sein. Kurz nach zwanzig Uhr geht unser Flug" grinste er Giulio an.

„Andiamo !"

## 033

Travemünde
Do-09.Aug-2018

*„ Genesung: Man ist zum Glück vom Unglück verlassen"*
*(Gerhardt Uhlenbruck)*

Mit einigen Voltaren 100 Retard Schmerztabletten, überstand
Giulio den Flug nach Hamburg beinahe schmerzfrei. Diesmal holte sie der XO ab, der einen geräumigen und gut gefe-
derten Geländewagen fährt.

„Sind die Schmerzen auszuhalten ? Dem Hämatom nach zu
urteilen, sieht das Bein ziemlich lädiert aus." Mit großen
Augen schaute Claus Bolt auf den geschwollenen und beinahe schwarzen Oberschenkel.

„Das Diclofonac hält es in Grenzen" presste Giulio hervor.
Er war ein zäher Hund und wollte sich keine Blöße geben.
Gemeinsam betteten sie ihn auf die Rücksitzbank und Claus
setzte den schweren Wagen behutsam in Bewegung.

An der nächsten roten Ampel drehte sich der XO kurz um.
„Erst einmal ein herzliches Willkommen auf dem Weg zur
Ostsee. Schön, dass wir uns endlich einmal kennen lernen.
York hat mir schon viele Geschichten von Dir erzählt." Die
rote Phase dauerte nicht lange, sodass die Fahrt weiter ging.

„Ähem.., Giulio" begann York „ich finde den Bierdeckel
nicht mehr wieder. Offensichtlich ist der bei dem Lawinenabgang wieder verloren gegangen. Kannst Du Dich an die
Zeilen erinnern ?"

„Sì, certo. Nessun problema – Ja natürlich. Kein Problem.
Un momento." Giulio genehmigte sich noch eine weitere
Tablette. „SD Mappa / Porto Passat / Scalo di alaggio per

barche / 2. Albero." Er pausierte ein paar Sekunden. „Das lautet in deutscher Sprache etwa: SD Karte / Hafen Passat / Schiffsrutsche / 2. Baum." Verständnislos schaute er York an. „Einen Reim musst Du Dir da selber darauf machen."

„Ein Rätsel. Ein Hinweis. Obwohl, SD-Karte ist klar. Da hat Marcello Rapo vielleicht eine brisante SD-Karte im Passathafen versteckt. Nur wo ? Zweiter Baum. Da gibt es schon noch eine Menge Bäume. Auch wenn viele durch das Waterfrontprojekt abgeholzt wurden. Was bezeichnet er als Schiffsrutsche ?"

„Waterfrontprojekt ?"

„Oh, das ist ein umstrittenes Bauprojekt mit reichlich Ferienwohnungen auf dem Priwall. Rund um den Passathafen. Ende des achtzehnten Jahrhunderts, im ‚Deutschen Kaiserreich‘, befand sich dort sogar eine Pferderennbahn, welche im ‚Deutschen Reich‘ einem U-Boothafen weichen musste. Wie überall verändern sich im Laufe der Jahre Landschaften. Einige laufen Sturm gegen die Veränderungen, andere sind froh über neue Impulse. Ich fand die Veränderungen auch notwendig, allerdings nicht mit dieser freudlosen Architektur. Die Geschmäcker sind halt verschieden. Trotzdem wirst Du Dich bestimmt wohl fühlen. Den maritimen Charakter wirst Du erliegen. So große Schiffe fahren nicht durch das Aostatal" lachte York. „Außerdem ist Frankreich nicht weit. Von achtzehnhundertelf bis achtzehnhundertdreizehn gehörte Travemünde tatsächlich zum französischen Kaiserreich. Napoleon lässt grüßen. In Paris gibt es heute sogar noch eine Straße, die auf die siegreiche Schlacht bei Lübeck hindeutet. Die ‚Rue de Lubeck‘. Ein Seebad wurde es schon davor: achtzehnhundertzwei." Sie erreichten rasch Travemünde und verabredeten sich zum Frühstück bei Arman.

Beinahe, als wenn York nicht weg gewesen wäre, saßen die üblichen ‚Verdächtigen‘, nun morgens zusammen mit Stina und Giulio, bei einem kleinen Frühstück auf der Terrasse der Cayade. „Wir haben jetzt schon neunundzwanzig Grad und die Temperatur soll noch einige Grad höher steigen. Gestern befanden wir uns im Minusbereich und nun über dreißig Grad Unterschied. Verrückt. Meinen Muskeln bekommt die Wärme. Ihr glaubt gar nicht, was für einen Muskelkater ich habe." Zur Untermalung bewegte York seine Arme in Zeitlupe. Zeitgleich lief die große Autofähre ‚Peter Pan' nach Trelleborg aus und passierte das Cafe.

„Grande spettacolo – ein toller Anblick" freute sich Giulio. „Du hast nicht zu viel versprochen. Das sind ja wahre Riesen und dann auch so nah. Incredible – Unglaublich ! Hier ziehen Wohnblocks, ach was sage ich, hier ziehen Berge vorbei" zeigte er sich beeindruckt.

„Wenn Travemünde schon nur drei Meter an Höhe aufweist, dann benötigen wir halt mobile Höhen" warf der XO ein. „So verändern wir ständig das Panorama. Hier an der Ostsee ist das einmalig. Travemünde 3.0 erfindet sich gerade wieder neu. By the way, es soll am Samstag ein kurzes Tief durchziehen, die Temperaturen auf maximal achtzehn Grad klettern, aber..." im Gesicht des XO machte sich ein breites Grinsen breit „...aber, der Wind frischt auf vierundzwanzig Knoten Südwest auf. Perfekt zum Segeln."

„Schön für euch, aber nichts für mich" fügte Giulio rasch hinzu. „Ich muss mich auskurieren."

„Keine Bange. Bei Südwest sind wir in der Abdeckung und es hat wenig Welle" beruhigte ihn Stina. „Auf der ‚O.li' brauchst Du Dir keine Sorgen machen. Wir betten Dich da ganz kommod ein." Skeptisch schaute Giulio sie an. Eben nicht nur ein Bergfex, sondern auch ein  Landei. „Morgen vormittag geht's für Dich erst einmal ganz easy mit der MS HANSE auf der Trave nach Lübeck und zurück. Das Ganze bei leckeren Speisen. Unser Nachspeisenfavorit ist ganz klar Christels gigantischer Obstpfannkuchen. Den wirst Du als kulinarischer Dessertexperte, mindestens in Deine Top five aufnehm..."

„…das Leben ist zu kurz zum Trauern, aber lang genug, um Spaß zu haben. Du musst einfach mit. Erst entspannt schippern und anderntags fantastisch Segeln. Das wird toll" ging Dildo dazwischen.

„Es wird höchste Zeit" schaltete sich nun York ein. „Dein Termin bei Franzi steht an. Ich bringe Dich zu ihr. Für morgen buchst Du dann bitte einen Termin ab fünfzehn Uhr. Dann stimmt das Timing. Dildo holt Dich später ab und ich schaue mit dem XO auf den Priwall. Dem Rätsel auf der Spur. Stina, Dir gutes Gelingen auf dem Revier."

Er gab Stina einen Kuss auf die Lippen und machte sich mit Giulio auf den Weg.

## 034

Die kleine ‚Mary', das ehemals als Fischerboot konzipierte und heutige Versetzboot des Lübecker Yacht Clubs, brachte den XO und York auf die Priwallseite. Sie ließen sich am Steg H, in Höhe von Eis Klaus, absetzen.

„Dann wollen wir mal schauen, was wir haben" sagte York. „Am Passathafen sind wir jetzt." Beide blickten die Uferkannte des Hafenbeckens entlang. Ihr Blick blieb wie hypnotisiert an der Slipanlage neben dem Hafenkran hängen. „Na klar. Das könnte er gemeint haben. Eine Slipanlage ist für eine Landratte wohl eher eine Bootsrutsche."

„Bäume sind auch in der Nähe" stellte der XO trocken fest. „Zum Glück noch. Wenn die Bauarbeiten ausgeweitet werden, fallen die auch dem Fortschritt zum Opfer."

„Hmmh…, zweiter Baum. Nur von welchem Standort aus gesehen?" Ratlos zuckte York die Schultern kurz hoch. „Am besten gehen wir systematisch vor. In direkter Sichtweite der Slipanlage, befanden sich acht Bäume und etliche Sträucher. Wenn sie richtig lagen, war es der zweite von links oder rechts oder gar in der zweiten Reihe. Sie begannen mit der rechten Seite. Eine SD Karte ist nicht sonderlich groß und kann in einer Ritze im Stamm unsichtbar werden oder hinter Zweigen und Blättern verschwinden. Gut getarnt ist es vielleicht völlig unmöglich, das kleine Plastikplättchen zu finden. Nach zehn Minuten schlossen sie die oberflächliche Untersuchung des zweiten Baumes ab.

„Hoffentlich lohnt sich die Mühe. Ist zwischen Steg A und B nicht auch eine Slipanlage?" Claus kratzte sich hinter dem Ohr.

„Ich denke, wir sind auf einer brisanten Spur. Was haben die Hintermänner bisher an Aufwand betrieben und sie sind erhebliche Risiken eingegangen. Das machst du nicht, wenn es nicht um etwas ganz Großes geht. Meist dreht es sich um Geld oder üblen Machenschaften." Nun zeigte York auf die andere Seite der kleinen Baumreihe. „Wir beginnen jetzt mit der linken Seite. Hier im Passathafen gibt es keine weitere Slipanlage. Zur Travemünder Woche wird eine mobile Anlage auf der Tornadowiese aufgebaut. Der Rosenhofhafen auf dieser Seite hat auch eine, allerdings ist es dann nicht der Passathafen und Bäume gibt es dort auch nicht."

Am nächsten Baum entdeckten sie auch nichts. „In welcher Höhe sollen wir auch suchen. Vielleicht ist der Typ ja in Richtung Baumkrone geklettert. Dann Prost Mahlzeit. Das Oktoberfest lässt grüßen" schimpfte der XO. „Oder ein Eichhörnchen hat die Karte geklaut oder…"

„… wenn wir einmal annehmen, dass sich am Tage zu viele Menschen hier rumtreiben und Rapo ein sicheres Versteck gesucht hat, dann war er eher des nachts hier. Da klettert niemand bis in die Baumwipfel. Ohne Licht, denn dann ist es wieder zu auffällig und ein Eichhörnchen sucht eher etwas rundes. Nüsse zum Beispiel. Ich habe noch nie gehört, dass die mit einem Laptop unterw..."

„...ich glaube, da ist etwas" unterbrach er York aufgeregt. „Hier. Da sind kleine helle Stellen im Holz und teils mit Erde verschmiert. Das sind Spuren von einem Messer. Ich kratze da einmal vorsichtig mit dem Bootsschlüssel." Konzentriert legte er so eine schmale Öffnung frei. „Moment noch" keuchte er angespannt.

„Voilà !" Triumphierend hielt der XO eine SD Karte in die Höhe.

## 035

---

*„Denke immer daran, dass es nur eine wichtige Zeit gibt. Hier. Jetzt !"* (Lew Nikolajewitsch Graf Tolstoi)

Das orangefarbene Ribboot der WaschPo, setzte York und den XO auf der Höhe der Stadtbäckerei Junge ab, nachdem sie dem Bootsführer die SD Karte zur Weiterleitung übergeben hatten.

Im Buchshop Elatus erwarb Claus noch rasch eine Wirtschaftszeitung, bevor sie sich beim Barista Joda niederließen. Dort wurden sie bereits erwartet. Alle wollten sie aus erster Hand erzählt bekommen, wie das Drama am Mt. Blanc seinen Lauf genommen hatte. York tat ihnen den Gefallen. Neben dem XO, Dildo und Giulio, saßen Henne, dessen vierjähriger Sohn schlief mit einer Wasserspistole bewaffnet im Bollerwagen, der Segelfreund Dieter und ebenso Helge mit am Tisch, unter den Sonnenschirmen. Zur Feier des Ta-

ges fühlte sich Henne dazu auserkoren, eine Flasche Schampus zu spendieren.

„Wir müssen doch wieder ein wenig Glamour und Glanz
nach Travemünde bringen. So, wie es hier in den Sechzigern
und Siebzigern war." Mit einem ‚Plopp' schoss der Korken
aus der kalten ‚Veuve Clicqout'. Geschickt füllte Henne die
Gläser. „Auf die Eleganz, gesunde Lebensfreude und vor
allem das Leben ! Salute !"

„Genau. Daran müssen wir arbeiten. Eleganz ist heute überwiegend verloren gegangen. Modisch ja, aber die Eleganz
und einhergehend die Umgangsform, sind der Gier und zum
Teil der Langeweile zum Opfer gefallen. À votre santé !"
Claus nickte den Freunden allesamt zu.

„Vielen Menschen ist ihre kurze Lebensspanne nicht bewusst" sagte York nachdenklich. „Daher schätzen sie ihre
Zeit auf dem Planeten nicht und hetzen Dingen hinterher,
die niemand für ein glückliches Dasein braucht. Bekommen
sie es nicht, schieben sie Frust. Bekommen sie es, schieben
sie nach kurzer Zeit ebenfalls Frust, da ihr Belohnungs-
system nach mehr schreit. Weniger ist meistens doch mehr.
Das Zauberwort ist Lebensfreude statt Frust. Die muss man
bewusst entwickeln. Sich selbst als Person hinterfragen und
nicht nur auf sein Schicksal und die Anderen schimpfen. Im
Wort Lebensfreude, kann ich die Silben ‚Schim' und ‚pfen'
nicht finden. Überhaupt, wir haben seit dreiundsiebzig Jahren keinen Krieg in unserem Land gehabt ! So eine friedliche
Zeitspanne gab es hier noch nie. Das scheint auch nur den
wenigsten klar. Keinen Hunger und keinen Krieg ! In was für
glücklichen Zeiten leben wir alle. Cin cin !"

„Ist das eigentlich Lebensfreude, wenn mir eine.., sagen wir
einmal, ...eine Bekannte beim Seitensprung, mitten im Lie-
besspiel entsetzt ins Ohr flüstert: „Auweia! Heute ist ja mein
Hochzeitstag..!" Dildo grinste pflichtschuldig. „Kein Scherz.
Ist mir wirklich so passiert. Der Namen tut nichts zur Sache.
Muss ja nicht jeder wissen."

„Mit Vertraulichkeiten ist das so eine Sache" begann Henne. Eine Freundin von mir, hat ihre Freundin um ein vier Augen Gespräch gebeten. Als sie sich privat zum Tee treffen, eröffnet ihr die Freundin, dass ihr Mann ja gleich mit dazu kommen kann, dann braucht sie es ihm nicht noch einmal extra erzählen..." Die Gruppe brach in herzliches Gelächter aus. „Wieso bist Du eigentlich alleine unterwegs, Dieter?" erkundigte er sich. „Deine Herzdamen sind doch immer einem weinhaltigen Getränk gegenüber aufgeschlossen."

„Meine beiden Perlen sind schon wieder auf einer Kreuzfahrt. Diesmal im Golf von Oman. Keine Sorge, die werden nicht verdursten." Dieter hob sein Glas. „Zum Wohle!"

„Hallo Burkhard" grüßte York zur anderen Straßenseite, wo sich der Stadtführer, in der Verkleidung eines Fischers, mit einer Touristengruppe durch die Vorderreihe bewegte. Auch als Leuchtturmwärter oder Nachtwächter machte er eine tolle Figur, wobei er die Gäste mit seinen kurzweiligen Geschichten trefflich zu unterhalten wusste.

Im gleichen Moment kam Dr. Rudi Schulz mit seiner Frau an ihrem Tisch vorbei. Wie fast immer spazierten sie Hand in Hand. „Das sieht ja toll aus bei euch. Gibt es einen besonderen Anlass?" erkundigte er sich höflich.

„Wir lassen das Leben auf uns regnen" erwiderte Dildo fröhlich. „Das Leben ist zu kurz für irgendwann. Ich habe euch übrigens schon lange nicht mehr gesehen."

„Ich habe mir eine dreiwöchige Auszeit gegönnt und war zu einer Trekkingtour in den Anden. Sehr beeindruckend" erwiderte der Sozialwissenschaftler mit einem glückseligen Lächeln im Gesicht. In seinem Arbeitsleben hat er unter anderem, siebzehn Jahre in verschiedenen Kulturen Asiens gelebt und für die Bundesrepublik Deutschland geforscht, geplant und gewirkt. Nun ist sein Lebensmittelpunkt Travemünde, wo er sich rührend und erfolgreich um seine erkrankte Frau kümmert, die die Ärzte schon aufgegeben hatten.

Gerade fing seine Frau an, zu zählen und zeigte die Zahlen mit den Fingern an. „Ist ja alles so 'n büschen Tüdellütt und so…" Gleich darauf stimmte sie ein Lied an.

„Wir kommen später noch einmal vorbei. Auf ein Getränk. Ein paar Schritte möchten wir vorher noch gehen" verabschiedete Rudi sich. Seine Frau hakte sich gleich wieder bei ihm ein.

„Respekt ! Toller Typ" nickte Giulio anerkennend. York hatte ihn nebenher ins Bild gesetzt.

„Was hat Dein Termin bei Franzi ergeben ?" erkundigte sich York nun.

„Oh, danke. Die ist klasse. Hat ein wenig die Lymphe stimuliert und anschließend ein Lymphtape aufgebracht. Ich schaue nun aus, wie eine Leiterplatte. Einerseits, das fast schwarze Bein und andererseits, die schmalen, fleischfarbenen Tapes. Irgendwie spacig. Die nächsten Termine stehen schon fest. Morgen wieder um sechzehn Uhr. Mein Arzneischrank wächst derweil. Voltaren Tabletten, Heparin Salbe, Globoli Arnika D 12 und jetzt noch Rhus Tox D 6. Bei der Menge muss ich ja in drei Tagen wieder fit sein, zumal ich sonst keine Medikamente zu mir nehme" scherzte er. „Allerdings hat Franzi mich auf den Boden der Tatsachen zurückgeholt. Dem Musculus biceps femoris ist nicht mit Nadel und Faden beizukommen. Das findet sich von selbst und bedarf viel Ruhe. Ich bleibe euch somit noch ein wenig erhalten."

„Sach ich doch" freute sich der XO. „Dann haben wir genug Zeit für das Seebadmuseum und die Ostseestation. Am Ende der nächsten Woche ist vielleicht schon die Viermastbark ‚Passat' drin sowie später der ‚Alte Leuchtturm'. Segeln geht eigentlich immer. Langweilig wird Dir hier nicht werden."

„Wem wird langweilig ? Doch nicht mit uns !" Ein skurriler Typ mit einem Lederhut, unter dem lange graue Haare heraus ragten, streckte Giulio die Hand hin. „Mein Name ist

Donald. Du musst der italienische Freund von York sein und Yorks Freunde sind auch meine Freunde."

„Was macht das P2 ? Ist der gesetzwidrigen Kaperung endlich ein Riegel vorgeschoben ? Die Nummer ist ja so blöd, dass sie schon beinahe wieder gut ist" lachte Dildo.

„Es wird noch ein wenig Zeit ins Land gehen, aber unterm Strich wird das richtig teuer für die Gegenseite. Bisher haben sie durch alle Instanzen mit Pauken und Trompeten verloren. Normalerweise hätte das sogar jedes Kleinkind im Vorfeld geschnallt. Nach dem Motto: Wenn man tot ist, ist das für einen selbst nicht schlimm, weil man ja tot ist. Schlimm ist es aber für die anderen. Genauso ist es, wenn man doof ist" entgegnete er trocken. „Spätestens ab März bin ich wieder drin."

„Dann drücken wir Dir die Daumen. Magst auch etwas trinken ? Wir haben ein lecker, perliges Schaumgetränk." Dildo schnalzte mit der Zunge.

„Schade. Ein anderes Mal gerne. Ich bin bei Königs Fischbrötchen im Fischereihafen verabredet und vorher hole ich mir noch frischen Fisch vom Kutter. Wir sehen uns, ciao."

„Apropos Fisch. Ich wollte noch bei Fisch Wöbke ein paar Leckereien für abends mitnehmen. Giulio, magst Du mitkommen ? Ich lasse Dich am Pegelhäuschen pausieren. Dort bekommst Du flüssige Erfrischungen und kannst die Schiffe auf der Trave beobachten. Ich besorge den Fisch und gönne mir noch ein Eis bei Pascal, im Venezia. Wenn Du magst bringe ich Dir eines mit. Feinstes italienisches Eis von einem Argentinier. Sehr lecker." York zahlte zusammen mit Henne.

„Noch zwei Wochen, dann habe ich zehn Kilogramm mehr auf den Rippen" beschwerte sich Giulio lahm und griff zu seinen Krücken „aber schön langsam im Schneckentempo. Ich muss das Bein ja schonen."

„Schaue mich an. Ich bin auch beinahe ein Wrack. Mir tun alle Muskeln weh. Solch einen Muskelkater hatte ich schon lange nicht mehr." Mit unrunden Bewegungen erhob sich York. „Na denn mal los, wie Not und Elend" lachte er.

Zusammen mit dem XO und Dildo schlenderten sie langsam die Vorderreihe entlang. Die Cáfes waren allesamt gut besucht. Eine bunte Mischung von jungen und alten Menschen, Einheimischen und Touristen. Bei diesen Temperaturen suchten alle Erfrischungen, in Form von Eis oder kalten Getränken, wenn sie sich nicht im oder am Wasser aufhielten.

"I mag heut so `nen Matsches esse, von des Ruth schwätza hat oder ‚nen Ostseelaksch…" - „Is it possible to get…" – „Fru servitris, vi sitter…" – „Mama, ich will…" Auf der Strasse und den Restaurants, erklang ein interessanter Sprachenmix. Die Servicekräfte hatten alle Hände voll zu tun, den Wünschen der Gäste gerecht zu werden. Dies gelang jedoch nicht immer. Zum einen lag es an den vielen ungelernten Mitarbeitern, zum anderen sicher auch an der unverständlichen Ungeduld der Gäste. In der Regel ist hier niemand auf der Flucht. Im Gegenteil, die Touristen verbringen hier ein bis drei Tage und mitunter auch Wochen ihres Urlaubes. Vielen Menschen fehlt es einfach an dem notwendigen Respekt gegenüber Dienstleistern jeder Art.

An der Sparkasse trennten sich vorläufig die Wege. York bog links in die ‚Rose' ein, währenddessen die anderen drei weiter zum Pegelhäuschen spazierten. Vor der Sparkasse hingen drei Tippelbrüder mit zwei Hunden ab. Sie bettelten um Almosen. Jeder hatte seine persönlichen Gründe, warum. Es gibt immer wieder Typen, die durch Drogenkonsum, welcher Art auch immer, den klassischen sozialen Abstieg durchlaufen haben. Job weg, Familie weg, Wohnung weg, alles weg. Andere wieder leben einfach den Müßiggang. Erstaunlicherweise besitzen selbst die Obdachlosen eine rigide Hackordnung. Vor dem Ostsee Outlet, finden sich regelmäßig zwei, drei osteuropäische Bettler ein, die teils bei Regen, Wind und Kälte, ungeschützt auf dem Gehweg sitzen und ihrer Tätigkeit bzw. Nichttätigkeit nachgehen. Als wenn dies nicht schon schlimm genug ist, werden diese Geschöpfe regelmäßig von Ihrer nächsthöheren Instanz abkassiert. Da haben die Geber ein gutes Gefühl, weil ihre Spenden direkt, ohne Abzug von Verwaltungskosten, an den Bedürftigen gehen und dann sackt sich das irgendein Spacko mit einem protzigen Auto ein. Es geht immer noch unterirdischer.

Nachdem sich York am Ende der Kundenschlange vor dem Fischgeschäft einreihte, klingelte sein Handy. Stina. Ihre iT-Spezies konnten den SD Stick nicht knacken. Ihre Rechner stürzten laufend ab. Er ließ sich die Datei umgehend zustellen und leitete sie gleich weiter an Daniell Holter. York war sich sicher, dass er die Daten irgendwie sichtbar machen würde. Über einen nicht zurück verfolgbaren email Account, sollte er das Ergebnis danach, so schnell wie möglich, direkt zum MD.1 und dem WaschPo Revier übermitteln.

„Dürfen es heute wieder ein paar Flusskrebse in Currysauce sein..?" Irritiert schaute York hoch und in das Gesicht von Frau Wöbke. Die Kundenschlange hatte sich aufgelöst.

Er war dran.


## 036

Fr-10.Aug-2018

Um drei Uhr morgens schickte Daniell Holter eine Whatsapp an York. Die Nachricht war kurz, aber eindeutig: ‚Der gordische Knoten ist gelöst'. Dahinter drei Smileys. Mit den auf der Datei gelisteten Namen und Zahlenkolonnen beschäftigte er sich nicht weiter. Die verschickte er als PDF Anhang an die WaschPo in Travemünde und zum MD.1. Seine Aufgabe, die RAR-Datei zu öffnen, war somit erledigt. Die Auswertung mussten andere vornehmen. Holter interessierte sich für Lösungen und nicht für Inhalte.

Mit Hilfe seiner perfekten Hard- und Software, benötigte er ‚nur' neun Stunden, zum Knacken der Advanced Encryption Standard AES-256-Bit Verschlüsselung, einer Dokumentenverschlüsselung der höchsten Geheimhaltungsstufe, in den USA. Unter normalen Bedingungen kann das Wochen dauern, falls es überhaupt möglich ist und der Rechner nicht laufend abstürzt. Der Computer, mit dem Daniell Holter arbeitete, suchte seinesgleichen. Nicht einmal die Spezialisten des Bundeskriminalamtes, besitzen ein vergleichbares Gerät.

Eine italienische Stiftung hatte ihm diese unglaubliche Computeranlage kostenlos zur Verfügung gestellt. Obwohl er damit auf enorme Ressourcen zurückgreifen konnte, war es ihm bisher nicht gelungen, mehr über diese Stiftung zu erfahren. Seine gelegentlichen Recherchen verliefen allesamt ins Leere.

Mysteriös. Doch es beunruhigte ihn nicht.

Nachdem Daniell Holter vor Jahren auf dem Priwall angeschossen wurde und daraufhin eines seiner Beine amputiert werden musste, begann seine Glückssträhne. Nach der intensiven Reha, unterbreitete ihm die Bremer Kriminalpolizei ein überraschendes Angebot im iT-Bereich. Überraschend, weil er gar keine Bewerbung abgesendet und nicht einmal eine Ausbildung besaß. Alles was er bis zu diesem Zeitpunkt über Computer wusste, hatte er sich in Eigenregie beigebracht. Hinter seiner Glückssträhne steckte immer wieder diese merkwürdige italienische Stiftung. Verschachtelt bis zur Unsichtbarkeit.

Doch es beunruhigte ihn nicht.

## 037

HH-Volksdorf

*„Dass die Regierung das Volk vertrete, ist eine Fiktion,
eine Lüge. "* (Lew Nikolajewitsch Graf Tolstoi)

„Wenn wir erfolgreich sein wollen, dann müssen wir uns
ständig verbessern, mein lieber Jimmy. In Mailand werden
gewisse Leute unruhig. Die Warenflüsse stocken und unser
spezielles Problem ist noch nicht abschließend gelöst." Dr.
Mario Sappa reichte seinem Neffen ein frisches Mohnbröt-
chen und nahm sich selbst einen Roggenkrosser. Der große
Zeiger seiner teuren Armbanduhr zeigte direkt auf die Zahl
elf und der kleine Zeiger stand ziemlich genau auf der Zahl
sieben. Beide waren Frühaufsteher. „Wir können von Poli-
tikern nur dazu lernen: Lügen - Lügen - Lügen. Lügen was
das Zeug hält. Ich möchte nicht vorzeitig als Fischfutter
enden. Wir müssen uns Zeit verschaffen. Wir können alles
noch zum Guten wenden." Er biss herzhaft in sein mit
Zuckerrübensaft bestrichenes Brötchen.

„Du weißt aber schon, dass das ein Spiel mit dem Feuer ist?"

„Mir bleibt kaum eine andere Wahl. Eine kreative Informa-
tionsanpassung von Sachverhalten vermeidet Stress. Beun-
ruhigende Elemente ersetze ich durch Optimismus. Das
muss überzeugend klingen. Glaubwürdig sein. Dazu muss
man es selber Glauben. Deshalb ist es wichtig, dass wir uns
absolut vertrauen können." Er schaute seinen Neffen an.
Auch wenn er nicht der Hellste war, er hatte ihn dennoch in
sein Herz geschlossen. Wie einen eigenen Sohn, der ihm
nicht vergönnt war. „Kann ich mich zu hundert Prozent auf
Dich verlassen, Jimmy ?"

„Jimmy ?" hakte Sappa nach.

„Ja, ja" murmelte er. „Natürlich." Bei den letzten Worten
seines Onkels hatte er nicht mehr wirklich zugehört. Seine

Gedanken kreisten immer wieder um seinen AMG Mercedes. Den wollte er auf jeden Fall wieder zurück.

Um welchen Preis auch immer.

## 038

Lübeck

*„Einfach mal sich vorwagen, und sich dort ein wenig umsehen."* (Unbekannt)

Die ruhigste Zeit im Morddezernat MD.1, ist in der Regel um acht Uhr früh. So wie heute auch. Die Kollegen von Hauptkommissar Lennart Leuchter erschienen in der Regel gegen neun Uhr. Besprechungen wurden nie vor neun Uhr dreißig angesetzt. Natürlich nur, solange keine Gefahr in Verzug war. Er genoss diese Zeit.

Neben einem kurzen Blick auf die aktuelle Nachrichten- und Wetterlage, scrollte er seinen email Eingang durch. Seine ungeteilte Aufmerksamkeit richtete sich auf eine mail mit dem internen Aktenzeichen 2018.08.007.

Die Auswertung der SD Karte !

Bingo ! Ein Kribbeln bahnte sich einen Weg von seinem Nacken über das Rückgrat bis zu seinen Lenden hin. Dieser Fall entwickelte sich zu einer enormen Sprengkraft. So einen Fall bekam man nicht alle Tage in die Finger. Ein Fall inklusive Karriererakete. Ein Fall – natürlich für ihn !

Der ehemalige, harmlos erscheinende Travemünder Souvenirhändler Marcello Rapo, ausgebildeter Mountainguide, galt in der Mafiaszene als genialer Bilder- sowie Bücherfälscher und vor allem als Experte für Gelscheinfälschungen. Vorzugsweise fünfzig Dollarnoten. In den Akten fand man über ihn nichts. Da war er immer noch sauber. Wie das auch immer ging.

Rapo hatte alle ‚Korrekturen' akribisch aufgelistet. Quasi eine Vermögensaufstellung. Nur, dass das Vermögen im eigentlichen Sinne nichts wert war und samt und sonders illegal. Dateien mit Anmerkungen, Namen und Kontonummern. Mitte der neunziger Jahre frisierte er Unternehmensunterlagen. Mit dem Siegeszug der elektronischen Datenverarbeitung wurde ihm die Geschäftsgrundlage hierfür entzogen. Ab da kopierte er meisterhaft große Maler. Meist waren es verschollene Werke, die ‚zufällig', irgendwo in der Welt wieder Auftauchen und Millionen Werte generieren. Das nächste große Standbein: die perfekt gestalteten Dollarscheine. Es gab weltweit nur noch eine Hand voll Künstler wie ihn. Heute entwickeln junge Experten Viren, die sich unbemerkt in fremde Computer einnisten, Daten absaugen und Geldströme umleiten. Eine ganz fremde Welt für ihn. Deshalb hatte Rapo, ab zweitausendfünfzehn damit begonnen, Blüten für sich abzuzweigen und diese in Südamerika und Asien zu waschen. Zwei, dreimal im Jahr fuhr er offiziell in Urlaub. Alles klappte reibungslos. Bis zum letzten Mai.

Die letzten sieben Tage im Mai besuchte er Argentinien. Ein gutes Land um Blüten schnell und sicher zu waschen. Der Transfer auf eines seiner beiden ‚Rentenkonten' auf den Caymans und in der Schweiz, waren danach schnell erledigt. Es erstaunte ihn immer wieder, wie schnell Geld um die Welt gesendet werden konnte. Immer gönnte er sich in Buenos Aires, im Four Seasons, die einhundert Quadratmeter große Owner Suite. Sündhaft teuer, aber er druckt seine Dollar ja nicht nur sprichwörtlich selber. In der drei Millionen Metropole tauchte Rapo in die Anonymität ab und lebte im Luxus, so wie es ihm in Travemünde nicht möglich war. Schampus, Nutten, feinstes Rinderfilet.

Als Fußballfan besuchte er das Länderspiel Argentinien gegen Haiti, am neunundzwanzigsten Mai. Das Four Seasons buchte ihn sogar in die eigene Loge des Stadions ‚El Monumental' ein. Mit fünfundsechzigtausend Fußballverrückten Fans, wird diese Arena dann zu einem pulsierenden Vulkan. Argentinien gewann mit vier zu Null. Drei Tore steuerte der Superstar Lionel Messi bei. Ein berauschendes Erlebnis.

Gegen Ende des Spiels entdeckte Rapo, in der hundert Personen fassenden Loge, einen sehr gepflegt aussehenden Typen. Marke George Clooney. Ihm kam dieser Mann irgendwie bekannt vor. Zuerst bildete sich Rapo ein, dass es aufgrund der Ähnlichkeit mit Clooney fußte. Er ertappte den Clooney Doppelgänger dabei, wie dieser ihn verstohlen musterte. Später, im Four Seasons, sah er ihn an der Rezeption plaudern. Gegen ein großzügiges Trinkgeld erfuhr er, dass dieser Mann der Vizepräsident von Global Argentina Internationale war. D3, Dr. Denis Destefan.

Das gab ihm einen Stich in der Herzgegend. Für dieses Unternehmen hatte er bis Mitte der neunziger Jahre Kontenbücher geschönt. Es gab von Mailand einen direkten Kontakt dorthin. Dort hatte er ihn einmal, zusammen mit den Bossen aus Italien, kurz gesehen. Auch wenn Rapo es für absurd hielt, dass ihn der Typ wiedererkannte, verspürte sein Instinkt, seit Buenos Aires, eine Art Beschattung.

Er wusste, dass es nur eine Frage der Zeit war, bis man ihm auf die Schliche kam. Ein kleiner Notfallplan mitsamt seiner Lebensversicherung, in Form der SD-Karte, war vorbereitet und wurde laufend ergänzt. Zu Anfang schaffte er nur kleine Beträge beiseite. So, wie jeder Mensch, dem sich Gelegenheiten boten. Später wurde Rapo gieriger und vielleicht auch nachlässiger. Von der Anständigkeit bis zu den Dingen, die man gestern noch verabscheute, bedurfte es manchmal nur kleiner Anstöße. Es schien so unglaublich einfach.

Schaut man genauer hinter die Fassade von sogenannten ‚Erfolg-Reichen', entdeckt man, dass dahinter auch nur eine Existenz steckt, mit Angstgefühlen und Defiziten oder noch schlimmer, mit Dummheit, Brutalität, einer unerträglichen Arroganz oder krimineller Energie.

Hauptkommissar Leuchter war wie elektrisiert. Mit jedem weiteren Satz, den er überflog, sah er sich im Anflug auf den Kriminalhimmel. Der befand sich für ihn natürlich in Kiel, beim Landeskriminalamt. Abteilungsleiter operativer Einsatz. Schließlich hatte er sich seine Auszeichnungen beim SEK in Münster verdient. Wie sagte schon Albert Einstein: *„Fantasie ist wichtiger als Wissen, denn Wissen ist begrenzt."* Er besaß Fantasie.

Beim lesen des Firmennamen Sappa Group, Hamburg und seines Geschäftsführers Dr. Mario Sappa, wohnhaft in Volksdorf, durchfuhr es ihn, wie ein Blitz. Schon zweimal im Visier des Landes- und Bundeskriminalamtes. Beweisen konnte man ihm bisher nichts. Dieser Mann war der norddeutsche Stammhalter der Mailänder Mafia. Der Capo, und Leuchters Eintrittskarte für Kiel.

Nun musste er schnell handeln, denn die Dateiinformation war in CC auch an die Kollegen in Travemünde gesandt worden. Wie in einem reißenden Abwasserkanal, zog es ihn direkt über die Zubringerstraßen, über Ahrensburg, in den Hamburger Stadtteil Volksdorf. Im Anschluss der Eulenkrugstraße, fuhr er durch den Verkehrskreisel, die zweite Ausfahrt wieder hinaus, in die Schemmannstraße, benannt nach dem Kaufmann und Senator gleichen Namens.

Hier, in diesem schönen und wohlhabenden Stadtviertel, befand sich sein Ziel. An den, von einer Kollegin empfohlenen, attraktiven Wochenmarkt, verschwendete er keine Gedanken, da sowieso erst morgen wieder Markttag war. In der dreißiger Zone fuhr er unauffällig an der Zieladresse vorbei und parkt seinen Zivilwagen knapp hundert Meter weiter. Eine Weile beobachtete er die große Villa. Obwohl rund um das Grundstück ein mächtiger Zaun stand, entdeckte er von außen keine Videokameras. Gut so. Ihm war noch nicht klar, ob er den offiziellen Erstkontakt suchte oder sich unauffällig auf dem Grundstück umschauen wollte. Das Klingeln seines

Handys riss ihn aus den Gedanken. Seine Dienststelle. Er beschloss, nicht dran zu gehen.

Nur zwei Minuten später klingelte es erneut. Diesmal war es die Nummer der WaschPo Travemünde. Also hatte er mindestens zwei Stunden Vorsprung, bis Kollegen hier Stellung bezogen. Er fühlte sich stark und zu allem bereit.

Natürlich wusste Leuchter, dass Alleingänge nicht geduldet sind, aber was sollte passieren ? In seiner Zeit beim SEK, waren sie auch nicht zimperlich und sind damit meistens gut gefahren. Darüber hinaus konnte er sich wehren. Er überprüfte noch einmal seine Walther P99 DAO Dienstpistole, mit fünfzehn Schuss neun Millimeter Parabellum Patronen. Er schmunzelte kurz. Parabellum war aus dem lateinischen abgeleitet und bedeutete: Wenn du Frieden willst, bereite den Krieg vor. Das Deformationsgeschoss war extra so konstruiert, dass eine schnelle Handlungsunfähigkeit der Zielperson erreicht wird. Aus Gründen des Gesundheits- und Umweltschutzes, enthalten diese Patronen kein Blei. Wieder musste er schmunzeln. Was für eine verrückte Welt.

Wieder klingelte sein Handy. Dienststelle.

Keine Zeit und keine Lust. Leuchter fokussierte sich stattdessen auf die Müllentsorgung der schwarzen Restmülltonnen. Der große Müllwagen arbeitete sich langsam in die Richtung der Sappa Villa vor. Er registrierte erstaunt, dass die freundlichen Entsorger, als besonderen Service, die schwarzen Tonnen zurück auf die Villengrundstücke platzierten. Dies dauerte manchmal bis zu eineinhalb Minuten. Während dessen rollte der Müllwagen schon zum nächsten Grundstück, wo der zweite Mitarbeiter die nächste Tonne in Angriff nahm. In Lübeck gab es diesen besonderen Service nicht. Wahrscheinlich in Hamburg auch nicht. Sicher bekamen die Mitarbeiter von Zeit zu Zeit eine Zuwendung, gleich welcher Art. Das interessierte ihn jedoch nicht.

Er sah hier eher die Möglichkeit, sich unbemerkt Zutritt auf das Anwesen zu verschaffen. So brauchte er weder zu klingeln, noch die umgebende Schutzmauer zu überwinden. Rechtzeitig brachte sich Leuchter in Position. Tatsächlich ging seine Überlegung auf. Kurz nachdem der Mann mit der Restmülltonne auf das Grundstück gelassen wurde, schlüpfte er durch den Eingang.

Natürlich übertrat er mit dieser Aktion mehrere rote Linien, aber die Beweislast war so hoch, dass im Nachhinein alles legitimiert werden würde, falls die Kollegin sogar nicht schon alles in die Wege geleitet hatten. Gefahr im Verzug ist in diesem Fall das Hauptargument.

Der Müllentsorger stellte die schwarze Tonne neben den leeren Carport und verließ das Grundstück wieder. Die schwere Tür fiel hinter ihm klickend ins Schloss. Am Carport machte Leuchter nur ein Damenrad aus. Sicher das Rad der Haushälterin. Jemand musste auch den Türöffner betätigt haben.

Ihm kam es gelegen, wenn sich vorerst noch keiner weiter im Haus aufhielt. So konnte er sich in Ruhe einen Überblick verschaffen.

Die gut getarnten, sehr kleinen Videokameras entdeckte der Kommissar nicht. Auch wusste er nicht, dass unter dem Boden des Carports, ein Hydrauliksystem installiert war. Dieses System hob den ganzen Boden an und gab eine Zufahrt zur Tiefgarage unterhalb des Hauses frei. Die großzügige Tiefgarage, für bis zu sieben Autos, verbarg nicht nur die teuren Autos vor neugierigen Blicken, sondern beherbergte ein besonderes Geheimnis. Einen einhundertsiebzig Meter langen Autofluchttunnel zur Klosterwisch, einem ruhigen Seitenweg. Sappa hatte vor vielen Jahren die Straßenbauarbeiten zur Verlegung von Kabel dazu genutzt, einen gedrungenen Tunnel, von seinem Haus aus, voran zu treiben. Gleichzeitig baute er auf seinem Grundstück einen großen Pool, sodass die Nachbarn eine Erklärung für die umfangreichen Bautätigkeiten bekamen.

Das Ende des Tunnels bekam wieder ein Hydrauliksystem. Die Oberfläche war perfekt getarnt. Dieses Notsystem war nur zum einmaligen Gebrauch konzipiert. Es durfte nur niemand an dieser Stelle graben. Verhindert wurde dies durch eine fünfziger Gehwegplattenpflasterung und zwei darauf installierten Parkbänken. Seinerzeit hatte er dieses Miniflurstück, von sieben mal drei Metern, für ganz kleines Geld erworben. Niemand war daran interessiert.

Die horrenden Kosten für dieses Projekt spielten keine Rolle. Sappa war im Besitz eines Dukatenscheißenden Esels, in Gestalt eines ehemaligen, italienischen Bergführers und einer fleißigen Gelddruckmaschine.

Die Überwachungsanlage hatte schon längst den ungebetenen Gast angekündigt, sodass Sappa und sein Neffe Jimmy entsprechend vorbereitet waren. Sie ließen die Terrassentür einen Spalt offen, wohl wissend, dass der vermeintliche Einbrecher, wie eine Fliege von einem Stück Scheiße angezogen wird. Genau in diese Falle tappte Leuchter. Er kam an der offenen Tür nicht vorbei. Was er anfangs als glückliche Fügung empfand, änderte sich kurz nach dem Betreten des großzügigen Salons. Er erstarrte.

Plötzlich sah er sich von zwei Seiten mit einer Waffe bedroht. Das reden übernahm Sappa, während der jüngere nervös mit seiner Waffe spielte. Große Koksaugen, fiel Leuchter sofort dazu ein. „Was führt sie in mein Haus ?" erklang seine angenehme, entspannte Stimme, was Leuchter beruhigte.

„Mit diesem Mann kann man verhandeln" dachte er sofort. „Herr Sappa, nehme ich einmal an. Mein Name ist Leuchter. Hauptkommissar Leuchter." Den Zusatz: aus Lübeck, ließ er vorläufig unerwähnt. „Im Zusammenhang mit unseren Ermittlungen zum Tode eines Herrn Marcello Rapo, überprüfen meine Kollegen und ich, auch Sie und Ihre Firma. Ich bitte Sie deshalb…"

„Welche Kollegen bitte und vor allem, haben Sie einen richterlichen Durchsuchungsbeschluss ?" Sappas Stimme klang nun drei Lagen frostiger. Obwohl draußen mittlerweile zweiundzwanzig Grad Temperatur erreicht wurden, kühlte es im Raum schlagartig auf gefühlte Null Grad ab.

Dem Kommissar fröstelte innerlich. Ins Bockshorn ließ er sich jedoch nicht jagen. Er hatte schon etliche brenzlige Situation erlebt und erfolgreich gemeistert. „Herr Sappa, arbeiten Sie doch besser mit mir zusammen. Das mindert ein Strafmaß erheblich. Meine Kollegen sind schon auf dem Weg und werden jeden Moment hier eintreffen. Die Situation wird dann auch nicht eskalieren." Er gab seiner Stimme den nötigen, überzeugenden Klang mit einer vertraulichen Note.

„Der spinnt doch ! Außerdem hat er nichts gegen uns in der Hand" stieß nun Jimmy gepresst hervor. „Lasse mich den abknallen. Schließlich ist er nur ein gewöhnlicher Einbrecher und wir handeln in Notwehr." Hektisch unterstrich er seine Aussage mit dem rum fuchteln seiner Waffe.

Erstmalig hinterfragte sich Leuchter nun, ob seine Idee tatsächlich so toll gewesen war. Er wog seine Chancen ab. Aus einer Mischung von unterdrückten, unguten Gefühlen und langjährig gesammelten Erfahrungen, versuchte er nun mittels einer Optimismus- versprühenden Sprache, ein so tragfähiges Bild zu formen, das es ihn aus dieser misslichen Lage herausführte. Er wandte sich an beide. „Wenn wir Sie zum Beispiel, als Kronzeugen gegen das komplette Mailänder Syndikat einsetzen können, dann nehmen wir Sie in das Zeugenschutzprogramm auf. Unter anderer Identität leben Sie dann gefahrlos weiter. Sie kommen nicht ins Gefängnis und vor allem, Sie sind am Leben ! Der Staatsanwalt wird diesen Weg mittragen." Für Leuchter war dies der Königsweg für die beiden Verbrecher, obwohl er sich bezüglich des Staatsanwaltes sehr weit aus dem Fenster lehnte. Er wähnte sich trotzdem bereits auf der Siegerstraße.

Abträglich hierbei ist nur, dass Bilder verschieden verstanden werden können. Das es einen Spielraum für unterschiedliche Interpretationen gibt. Fehldeutungen sind unausweichlich.

Der Kommissar sah, dass beide über seinen Vorschlag nachdachten. „Geht doch – nur der Preis muss stimmen" sagte eine Stimme in seinem Kopf. „Alle wird gut." Sein Kopfkino startete den Vorfilm.

Jimmy sah zu seinem Onkel rüber. Drückte der Blick von seinem Onkel Schwäche aus ? „Arschloch !" zischte Jimmy und schoss dem Kommissar eine Kugel direkt in Herz. Erstaunt, aber zu keiner Reaktion mehr fähig, sackte Lennart Leuchter in sich zusammen. Ein rasantes Ende, einer geplanten, steilen Karriere. Reglos lag die Karriere nun tot am Boden. „Arschloch" murmelte Jimmy noch einmal leise.

„Jimmy !" brüllte Mario Sappa seinen Neffen an. „Du verdammte Koksnase ! Wie bescheuert bist Du denn ! Bisher hatten sie noch nicht viel gegen uns in der Hand, aber jetzt kommt ein Polizistenmord dazu."

„Nicht nur ich, und gelogen hat er zumindest nicht" lachte Jimmy wirr und deutet auf die Überwachungsmonitore. „Die Kavallerie bringt sich gerade in Stellung." Die Kameras der Straßenüberwachung zeigten die dunklen Einsatzwagen eines Sondereinsatzkommandos. Sie zählten über dreißig vermummte und schwer bewaffnete Polizisten. Von drei Seiten aus, bereiteten sie den Zugriff auf das Grundstück vor. Am südlichen Haupttor setzten sie eine Sprengladung und an der west- und östlichen Grundstücksgrenze, stand je ein Team zum Entern bereit. Zwei TV Teams machten sie ebenso aus. Entweder hörten sie den Polizeifunk ab oder, was wahrscheinlicher schien, die Polizeileitung hatte einen Hinweis gegeben.

Sofort reagierte Sappa. „Du schnappst Dir den Kommissar und legst ihn in den Toyota. Sie dürfen ihn hier nicht finden. Das verschafft uns notwendige Zeit. Ich überdecke die Blutspuren mit einem Teppich und hole neue Pässe und Bargeld aus dem Tresor." Sein Neffe stand reglos vor der Leiche. „Los, los, los" herrschte er ihn an und er verabreichte ihm eine Ohrfeige. „Los, wir müssen zur Marina." Jetzt kam wieder Bewegung in seinen Neffen.

134

Lübeck
Sa-11.Aug-2018

*„Falscher Ehrgeiz, lässt einen Esel denken, er sei ein Löwe"*
*(Unbekannt)*


Während dessen Stina Wallison, zusammen mit Anders Andersson, im Dienstwagen auf dem Weg zur Rechtsmedizin nach Lübeck fuhr, lies sie das Geschehene noch einmal Revue passieren. Der gestrige Einsatz in Volksdorf geriet zu einem PR Desaster. Für die Medien geradezu ein Leckerbissen.

Da sie Hauptkommissar Leuchter nicht erreichen konnten, entschied der Polizeichef kurzerhand, dass Wallison den Einsatz leiten sollte. Im Prinzip hatte sie alles richtig gemacht. Dennoch war das Ergebnis dürftig. Das SEK stürmte unter den Augen diverser Medienvertreter die Villa. Die Polizeiführung versprach sich von dieser Form der Öffentlichkeitsarbeit, ein positives Bild der Polizei, gegenüber den Bürgern und ein abschreckendes, gegenüber der organisierten Kriminalität. Getreu dem Motto: Stärke zeigen.

Deshalb legten sie das halbe Haus in Schutt und Asche. Allerdings waren die Vögel ausgeflogen und durch einen illegalen Tunnel entkommen. Sie hatten Sappa und seinen Kollegen bis jetzt immer noch nicht habhaft werden können. Viel Rauch um nichts.

Fehlschläge gab es immer im Kampf gegen das ‚Böse'. Was sie jedoch alle wie die Deppen aussehen ließ, war der Tod des Kollegen Leuchter. Das war das Sahnehäubchen des gestrigen Einsatzes. Warum auch immer, hatte er sich Zutritt in die Villa verschafft. Wie sie inzwischen rekonstruierten, wurde er dort im Salon erschossen. Seinen Leichnam entdeckte eine Spaziergängerin im Tonradsmoor, in der Nähe von

Pflanzen Kölle. Ein beliebter Spazierweg für Hundebesitzer. Sie führte dort ihren schwarzen Labrador an der Leine aus. Der lammfromme Hund weigerte sich plötzlich weiter zu laufen und seine Rückenhaare stellten sich zu einer Bürste auf. Unter ein paar Zweigen entdeckte sie die Leiche und benachrichtigte die eins-eins-null. Sein Auto entdeckten sie unweit der Sappa Villa. Jetzt lag Leuchter bei Dr. Kevin Roche zur Autopsie auf dem Tisch, obwohl die Todesursache klar erschien.

Die Fahndung nach Sappa und seinem Neffen Jimmy, lief auf Hochtouren. Sie waren im Besitz von erdrückenden Beweisen. Nur, wo anfangen, wenn jemand derart viele Möglichkeiten besitzt. Flughäfen, Bahnhöfe und Fährhäfen standen sofort unter Intensivbeobachtung. Sporadisch gab es Autobahnkontrollen. Hatten sie bei jemanden Unterschlupf gefunden? Wenn sie sich mit dem Auto auf der Flucht befanden, welches Auto benutzten sie? Unter welchem Namen und Aussehen reisten sie? Ein Mann wie Sappa besaß sicherlich mehrere Identitäten.

„Zermartere Dir nicht Deinen Kopf" holte sie Andersson aus ihren Gedanken. „Die Medien leiden unter dem berühmten Sommerloch und greifen nach jedem Strohhalm. Das ist doch alles nur heiße Luft." Eine Schlagzeile lautete zum Beispiel: SEK zerstört Hamburger Kaufmannsvilla. Eine andere: Terroranschlag in Volksdorf?. „Dein Name wird nicht erwähnt. Wenn sie erst einmal die ganze Story kennen, fällt ihnen die Kinnlade runter."

„Noch wird mein Name nicht erwähnt, aber wenn wir nicht bald einen Durchbruch erzielen, dann wird sich die Polizeiführung distanzieren und ein Bauernopfer präsentieren. Sollte es dazu kommen, ist das vielleicht der richtige Zeitpunkt umzusatteln. Ich teste mich schon länger positiv auf Müdigkeit im Amt, wenn Du weißt was ich meine."

„Das kenne ich nur zu gut. Die teils ungenügende Ausrüstung, der fehlende Rückhalt in der Politik, kaum Wertschätzung in der Bevölkerung, unsoziale Arbeitszeiten…"

„…Trotzdem macht mir der Beruf Spaß ! Die Kommunikation mit Menschen, den notwendigen gesellschaftlichen Normen Gewicht zu verschaffen und notfalls durchzusetzen sowie zu reflektieren, dass hierdurch unser aller Leben, lebenswerter erscheint. Zum Glück habe ich einen positiven Partner an meiner Seite, der mich in vielen Belangen unterstützt und ebenso andere Sicht- und Lebensweisen aufzeigt" ergänzte Stina Wallsion. „Rückschläge wie gestern sind die Schattenseiten unseres Berufes."

„Da gebe ich Dir vollumfänglich Recht. Meine Töchter lassen täglich die Sonne im Herzen scheinen, meine Freundin unterstützt mich, wo sie kann und ich hole mir Kraft bei meiner Metallkunst" Andersson lachte auf „oder bei meinen regelmäßigen, bürgernahen ‚Präsenzgängen' durch die Vorderreihe. Da bist Du dem realen Leben ausgeliefert und es wird als selbstverständlich erachtet, Dich als Handwerker, Einkaufsgehilfe oder Babysitter zu engagieren. Bürgernähe halt." Er grinste. „Anfang der Woche unterhalte ich mich in der Rose, Ecke Kurgartenstraße mit zwei Bekannten, Du weißt 'Bürgernähe', als ein dunkler Volvo mit Münchner Kennzeichen, keine zehn Meter von mir entfernt vorüber gleitet. Die Fahrerin habe ich sofort erkannt. Sie hat eine ellenlange Liste an Straftaten in der Akte. Nach der fahnden wir schon seit zwei Wochen. Bisher hatte sie sich immer unserem Zugriff entziehen können. Zudem durfte sie weder ein Auto besitzen, geschweige denn eines fahren. Da rollt sie jetzt an mir mit dem Auto vorbei und ich bin auf Fußstreife. Zum Glück gibt es inzwischen Handys. Meine Kollegen im Dienstwagen haben sich kurz danach hinten angehängt. Da bist Du im ersten Moment völlig perplex, über so eine Unverfrorenheit." Andersson zupfte an seinem Bart. „Damit müssen wir lernen zu leben. Oft scheint alles nur ein Spiel. Mein Ziel ist es glücklich zu sein. Nicht perfekt!"

„Danke für die Ablenkung. Wir sind da. Schauen wir mal, was uns Kevin mitzuteilen hat."

Beim Betreten des kühlen Gebäudes der Lübecker Rechtsmedizin, nahmen beide, den durch die Flure wabernden intensiven Geruch nach Formalin wahr. „Der Geruch eines schön gegrillten T-Bone Steaks ist mir deutlich näher" bemerkte Andersson trocken.

„Meine Vorstellung eines behaglichen Arbeitsplatzes weicht auch erheblich von diesen Katakomben ab. Es wird gleich noch besser. Hier, ich habe Pinimentholsalbe dabei. Einfach ein wenig unter die Nase reiben. Das macht es erträglicher."

Das Thermometer des Sektionsraumes zeigte nur zwölf Grad Celsius. An einem Chromnickelstahltisch stand Dr. Kevin Roche über einen textillosen Leichnam gebeugt. Seitlich von Ihm, erhellte eine Satelliten LED Sektionsleuchte, gezielt jede mögliche Körperregion. Bei dem Toten handelte es sich um den Hauptkommissar. In ein Handaufnahmegerät diktierte Roche leise seine Erkenntnisse. „...handelt es sich um den dreiundfünfzigjährigen HK Lennart Leuchter, mir als Person bekannt. Dem Alter angelehnt, besaß er einen überdurchschnittlich gut trainierten Körper eines vierzigjährigen. Der Tod trat durch eindringen und aufpilzen eines Hohlspitzgeschosses, Kaliber zehn Millimeter Smith & Wesson, in die Ventriculus cordis sinister, ein. Der Tod trat unmittelbar nach dem..."

„...Hallo Kevin" unterbrach Stina Wallison seine Aufzeichnung. „Mein Kollege Hauptkommissar Andersson. Wie ich sehe, bist Du schon fertig." Sie warf einen Blick auf den toten Kollegen, welcher auf der Liege mit einem bereits wieder zugenähten Y-Schnitt lag.

„Ja, es gibt nicht viel zu sagen. Die Todesursache ist eindeutig. Die linke Herzkammer wurde vollkommen zerfetzt. Allerdings..." Dr. Roche zögerte.

„Mach es nicht so spannend. Die Fahndung nach den Tätern läuft noch. Alles was dabei hilft brauchen wir. Was meinst Du mit: Allerdings..?"

138

„Nun denn" seufzte Dr. Roche. „Ich glaube nicht, dass es Dir schmeckt. Bei der routinemäßigen Untersuchung der U-rin- und Blutwerte, habe ich Kokain nachgewiesen. Euer Kollege hat sich seit zirka zwei Monaten, regelmäßig eine Line gezogen. Auch gestern."

Ein Augenblick der Stille folgte.

„Ne, nech ?" Entsetzt nahm Wallison diese Nachricht zur Kenntnis. „Das wird tatsächlich niemanden gefallen. Außer den Medien natürlich. Erst das PR Desaster gestern und jetzt dies noch. Kannst Du diese Information noch vierundzwan-zig Stunden zurück behalten ? Vielleicht haben wir den Täter dann schon und es gerät somit nur zur Randnotiz. Die we-nigen Male, die ich ihn gesehen habe, da war ihm nichts dergleichen anzusehen."

„Wenn er nur außerhalb der Dienstzeit gekokst hat, be-merkst Du es nicht. Du musst die Person dann schon sehr genau kennen" merkte Andersson an. „Ihr kennt doch die Anekdote einer Autopsie im Diagnoseseminar ?" Er wartete die Antwort nicht ab. *„Sagt der Professor zu seinen drei Studenten:*
*„Können Sie mir sagen, woran dieser ältere Herr gestorben ist ?"*
*1.Student: „Ich tippe auf einen Herzinfarkt ?"*
*„Nein, falsch."*
*2.Student: „Anhand der gelblichen Verfärbungen an Zeige- und Mittelfinger, tippe ich auf Lungenkrebs ?"*
*„Nein, falsch."*
*3.Student: „Leberzirrhose."*
*„Kompliment ! Aber wie in aller Welt haben Sie dies ohne nähere Untersuchungen erkennen können ?"*
*3.Student: „Na hören Sie mal Herr Professor. Ich werde doch wohl noch meinen Vater erkennen !"*
Andersson schmunzelte dabei und Wallison war froh über die erneute Ablenkung.

„Okay S.., St.., Stina" stotterte Kevin Roche „das Er.., Er-gebniss der Blu... Blutuntersuchung, reiche ich erst morgen nach."

Dankbar nickte Stina Wallison ihm freundlich zu. Gleichzeitig bekam das ansonsten blasse Gesicht des Rechtsmediziners eine rötliche Färbung. Aufsteigende Hitze. Das piepsen ihres Handys löste die Verlegenheit Dr. Roches.

„In Mailand ist laut der Guardia di Finanzia, der Vizepräsident von Global Argentina Internationale, Danilo Garinot, einem Attentat zum Opfer gefallen. Er wurde heute morgen, in einem Taxi, von einer Gewehrkugel in den Kopf getroffen. In den Unterlagen von Marcello Rapo, taucht dieser Name immer wieder in Zusammenhang mit Geldwäsche auf. Die DIA, Direzione Investigativa Antimafia, also die Abteilung für Mafiabekämpfung, hat sich den Fall herangezogen."

Kommissar Andersson pfiff leise durch die Zähne. „Der Fall zieht ja gewaltige Kreise. Die Strippenzieher räumen auf. Was so ein kleiner Souvenirhändler in Bewegung bringen kann."

„Der berühmte Flügelschlag eines Schmetterlings in Brasilien, der einen Orkan in Texas auslösen kann. Die Chaostheorie bzw. sprechen die Mathematiker bei Verkettungen von nicht vorhersehbaren Ereignissen, von nicht-linearen-Phänomenen. Im Ansatz folgt…"

„Ja, danke Kevin" beeilte sich Stina zu sagen. Einem endlosen wissenschaftlichen Monolog wollte sie nun nicht folgen. Zweifelsohne war Dr. Roche eine Koryphäe und im Reich der Wissenschaft stotterte er nie. Sie schafften es, sich rasch, aber charmant zu verabschieden.

„Ein komischer Kauz" bemerkte Andersson draußen.

„Ja, aber ein hochbegabter Kau.., ähem Spezialist" erwiderte Wallison.

## 039

Travemünde

In Travemünde nieselte es seit Wochen das erste Mal wieder. „Die drei Tropfen reichen den Bauern keinesfalls, zumal es am Montag schon wieder achtundzwanzig Grad hat. Nur was ist das für ein toller Badesommer" freute sich der XO. „Ich kann mich nicht erinnern, hier je so einen Sommer erlebt zu haben." Nebenbei bereitete er, zusammen mit Dildo, die ‚O.li' zum Segeln vor. Giulio wollten sie mit York an der Überseebrücke.1 aufnehmen. Jürgen von der ‚Blue Marlin' hatte Kunden ab elf Uhr und somit wurde die Brücke frei.

„Bis auf die Feuchtigkeit und achtzehn Grad, sind die Bedingungen gut für einen ersten Segeltörn. Giulio ist ja auch nicht aus Zucker. Vierzehn Knoten Südwest entspricht einer mäßigen Brise. Ich starte schon mal den Motor."

„Ay, ay, Skipper. Ich löse die vorderen Festmacher" kam es von Dildo zurück. Sie waren ein eingespieltes Team. „Vorher muss ich noch die Ostsee Störche verjagen."

„Ostsee Störche ?" fragte ein Stegnachbar verwundert.

„Na, die Möwen" grinste er. „Auf den hohen Laternen und gegen die Sonne gesehen, sehen die wie Störche aus." Verständnislos blickte der Typ ihn an. „Man kann über alles Lachen. Nur nicht mit jedem" raunte er dem XO zu.

„Lachen ist die schönste Art, Falten zu erzeugen" gab dieser zurück und legte sein Gesicht in Falten. „Okay, dann Leinen los. Die beiden warten sicher schon auf uns." Elegant glitt die Segelyacht vom Steg B Liegeplatz, zum Fahrwasser der Trave. Vom Steg D aus, wünschte Henne von seiner SY ‚Charisma', Mast- und Schotbruch. Er wollte mit seiner neuen Freundin auch noch raus. Der Eigner vom Segelboot

,Rumtreiber' und sein Kumpel Michi aus Hannover, grüßten freudig bei ihrer Querung des Trave Fahrwassers.

Von der Überseebrücke.1 startete gerade die schneeweiße Bavaria 50 von Jürgen. Dahinter machten sie Giulio und York aus. Das Aufnehmen der beiden auf die ‚O.li' bereitete keine Probleme. Noch im Fahrwasser wurden die Segel gesetzt. Mit achterlichem Wind und vier Knoten Fahrt, bewegte sich die Segelyacht, an der Viermastbark ‚Passat' vorbei, auf die Nordermole zu.

„Che bella sensazione – was für ein tolles Gefühl" geriet Giulio ins Schwärmen. „Così tranquillo – so ruhig. Alles ohne Motor. Grande !"

„Segeln kommt dem umweltfreundlichen Reisen sehr nahe" ergriff York das Wort. Natürlich ist das ein oft missbrauchtes Wort in unserer Zeit. Gerade, wo es en vogue ist, mit dem Geländewagen zum Biobauern oder die Kinder um die Ecke zur Schule zu fahren. Die gleichen Menschen spenden für den Umweltschutz und fliegen für ein, zwei Tage, zur Party nach Ibiza. Das wird den künftigen Generationen die Überlebensgrundlage entziehen."

„Si, è triste – Ja, es ist traurig. Wir leben alle, seit letzter Woche Mittwoch auf Pump. Die nachhaltigen Ressourcen, welche innerhalb eines Jahres nachwachsen können, sind seit 01.August verbraucht. Das nennt man auch Welterschöpfungstag. So früh, wie noch nie. Neunzehnhundertsiebzig war es erst im Dezember soweit. Wir leben derzeit, als wenn uns eins Komma sieben Erden zur Verfügung ständen. Die Folgen sind unter anderem Klimawandel, brennende Wälder und das Schmelzen der Gletscher, was ich am Monte Bianco ständig vor Augen geführt bekomme. Wir Menschen sind ja Verdrängungskünstler, aber da muss in rascher Zukunft, ein gesellschaftspolitisches Umdenken stattfinden. Auf ganz breiter Ebene."

„Giulio, sitzt Du sicher und bequem ? meldete sich der XO. Wir gehen jetzt auf Halbwindkurs und werden etwas Lage schieben. Nicht erschrecken. Die ‚O.li‘ kann nicht kentern." Claus leitete das kleine Manöver umgehend ein und drehte das Schiff weiter in den Wind. Gleichzeitig holte Dildo die Segel dichter. Sofort nahm das Schiff mehr Fahrt auf und die Kränkung lag bei zehn Grad.

## 040

*„Die Zeit ist kein Geld, aber den einen nimmt das Geld die Zeit und den anderen die Zeit das Geld."*　　*(Fritz Kornfeld)*

Obwohl die Sunseeker Predator 62 mit allen technischen Raffinessen ausgestattet war, taten sich die beiden Schiffsführer ungewohnt schwer, mit der Motoryacht souverän vom Liegeplatz der Marina Baltica abzulegen.

Abgesehen von Ihrer Nervosität, hatten sie nicht viel Erfahrung im Umgang mit dem Powerboot. Normalerweise ließen sie sich von einem Skipper chauffieren. Lediglich draußen, im freien Gewässer, übernahmen sie ab und an. Zur Crew gehörte in der Regel auch ein Koch, der gleichzeitig Stewardqualitäten besaß. Mit Glück und nicht mit Verstand, beschädigten sie beim Ablegen keines der Nachbarboote. Da es Dr. Mario Sappa und sein Neffe Jimmy besonders eilig hatten, ordentlich Meilen zwischen sich und Travemünde zu legen, blieben die je vier großen Ballonfender, vorläufig an der Backboard- und Steuerboardreling fixiert, was der Eleganz des Bootes nicht im Ansatz gerecht wurde.

Auf der Trave hielten sie sich noch peinlich genau an die maximal erlaubte Geschwindigkeit, von acht Komma einen

Knoten. Auffallen durften sie keinesfalls. Die Landesflagge Maltas wehte am Heck, denn dort war das Boot aus steuerlichen Gründen gemeldet. Eine rechtlich bindende Regelung in deutschen Gewässern. Zwingend vorgeschrieben beim Ein- und Auslaufen eines Hafens. Zuwiderhandlungen können teuer bestraft werden. Es handelt sich hier um eine Ordnungswidrigkeit. Die deutsche und italienische Flagge war steuerbordseitig, immer an einem extra Flaggenstock, gesetzt. Freiwillig. Die deutsche aus Respekt gegenüber dem Gastland und gleich darunter, die italienische, als Sappas Heimatland.

Die steuerlichen Vergünstigungen, durch das sogenannte Modell ,Malta-Service-Lease-Schemme', betrugen bei dem entrichteten Kaufpreis von siebenhundertsiebzigtausend Euro, satte siebzigtausend, da die MWSt nur sieben Komma zwei Prozent betrug, inklusive der Kosten für die Gründung einer maltesischen Firma, die ihm offiziell dieses Boot vermietete. Nach drei Jahren ging das Boot in seinen Besitz über. Legal und natürlich EU versteuert.

Ihr Reiseziel war Kopenhagen. Von dort aus wollten Sie per Flugzeug weiter. Sappa überschlug die Distanz. Etwa zweihundertsiebzig Kilometer mussten sie zurücklegen. Bei normaler Fahrweise und einem stündlichen Verbrauch von dreihundert Litern Sprit, betrug Ihre Range bis sechshundert Kilometer. Sie wollten aber mit Vollgas, innerhalb fünf Stunden in Kopenhagen anlanden. Der Tank war randvoll gefüllt, sodass kein Zwischenstopp notwendig wurde.

Auf Höhe des Kreuzfahrtterminals am Ostpreußenkai, kreisten die Gedanken Sappas, um seine Mitgliedschaft in der Rosenloge. Er war definitiv gescheitert. An sich selbst und am Leben im besonderen Maße. Ein hohes Mitglied der Freimaurerloge, informierte ihn bereits heute Morgen, dass ein eilig anberaumtes Ehrengericht, ihn von der Loge ausgeschlossen hatte. Das hatte er erwartet, dennoch versetzte es ihm einen Stich. Von einem Tag auf den anderen, zerbrach sein Lebenswerk. Alles nur wegen einiger, für sich gesehen, unbedeutender Kleinigkeiten. „Chaostheorie. Der berühmte Schmetterlings Flügelschlag" fiel ihm spontan dazu ein.

„Jimmy, setze die engsten Wegepunkte auf dem Navi für unseren Kurs. Wir wollen keine Zeit verlieren !" Kurz hinter der Nordermole, drückte Mario Sappa die beiden Gashebel bis zum Anschlag nach vorne. Vollgas. Die zwei MAN V10 Dieselmotoren, mit je elfhundert PS, gaben ein dumpfes grollen von sich, ließen den Rumpf der Motoryacht erzittern und beschleunigten die knapp dreißig Tonnen, innerhalb weniger Sekunden auf dreiunddreißig Knoten Speed.

Mehr als viermal so schnell, wie die meisten Segelboote.

## 041

*„Tun, was du magst, ist Freiheit. Mögen was du tust, ist Glück."*
*(Lew Nikolajewitsch Graf Tolstoi)*

„Achtung, Giulio ! Festhalten!" rief der XO warnend aus. „So ein Vollidiot !" Mit Vollgas kreuzte eine Motoryacht, in nur zwanzig Metern Entfernung, die ‚O.li'. Obwohl Claus, das Segelschiff, entsprechend der anrollenden, mächtigen Heckwelle ausrichtete, wurden sie ordentlich durchgeschüttelt. „Alles gut" beruhigte er den ungläubig dreinblickenden Italiener. „Es ist entspricht nur keiner guten Seemannschaft. Die ‚O.li' hält das locker aus."

Währenddessen hatte York schon sein Handy in der Hand und rief die Nummer der Wasserschutzpolizei an. Er ließ sich mit Stina verbinden. In kurzen Sätzen berichtete er ihr seine Beobachtung, nebst Theorie. „Der ist allerdings sehr schnell..."

Dildo unterbrach ihn aufgeregt. „York, schau zur Motoryacht !"

In knapp zwei Kilometer Entfernung fuhr die Yacht nun in einer Art unregelmäßigem Zickzackkurs. Es drängte sich der Eindruck eines führerlosen Schiffes oder eines stark alkoholisierten Steuermanns auf. Was im Ergebnis auf das gleiche hinaus lief. Nur knapp entging die ‚Blue Marlin' einer Katastrophe. Geistesgegenwärtig vollführte Jürgen ein Manöver des letzten Augenblickes. Die Motoryacht schoss genau dorthin, wo sich seine Segelyacht im nächsten Moment befunden hätte. Nur die radikale Kursänderung bewahrte ihn vor Schlimmeren.

Nun raste das Schiff auf ein kleines Angelboot zu. Die beiden Angler retteten sich mit einem Sprung in die warme Ostsee, bevor die Sunseeker Predator ihrem Namen aller Ehre machte und wie ein Raubtier das Angelboot mit einem Knall zerfetzte. Gleichzeitig verlor die Predator an Tempo. Nach weiteren fünfhundert Metern kam sie zum Stillstand.

Die Beobachtungen gab York eins zu eins an Stina weiter, die nebenbei auf dem Revier schon einen Notalarm ausgelöst hatte. „Sollen wir unter Motor …"

„Nein ! Auf keinen Fall !" unterbrach Sie ihn barsch. „Es wimmelt dort gleich nur so vor Polizeibooten. Da ist jedes weitere Schiff nur ein Störfaktor." Versöhnlicher fügte sie hinzu: Trotzdem DANKE und genießt euren Segeltörn noch ein bisschen. Wir sehen uns später."

Die Crew schaute ihn erwartungsvoll an. „Wir sollen unseren Törn genießen." Ungläubiges Staunen. „Das war keine Em-, pfehlung, das ist ein Befehl, seitens der WaschPo, in Person von Oberkommissarin Stina Wallison." York schmunzelte und machte eine Kunstpause. „Dann wollen wir dem Befehl einmal Folge leisten. Helfen können wir nicht. XO, Kurs auf Brodten Ost."

„Ay, ay, Sir" grinste Claus und korrigierte den Kurs.

Das Thema Nummer eins war natürlich weiterhin der Vorfall, jedoch setzte sich langsam wieder die gelöste Stimmung durch.

„Auf dem Rückweg zeige ich euch den Punkt, von wo aus ihr unsere vier Meere gut sehen könnt" warf Dildo mit Schalk in den Augen, in die Runde.

Alle sahen ihn fragend an. Nur der XO antwortete mit besorgter Miene. „Ach so ? Hast Du irgendetwas geraucht ? Du meinst vier Himmelsrichtungen, aber keine vier Meere ! Da bist Du auf dem Holzweg, mein Lieber. Wir haben hier weit und breit nur die Ostsee bzw. das Baltische Meer, wie es international bezeichnet wird. Das Baltische Meer gehört geografisch zum Atlantischen Ozean und entstand vor über zehntausend Jahren, nach dem Weichsel-Komplex, der letzten Eiszeit. Wenn Du magst, dann..."

„...Claus, klasse Vortrag, aber Du kennst doch Dildo" bremste ihn York. „Der hat bestimmt noch was in petto."

Das Grinsen von Dildo wurde immer breiter. „In Geografie bist Du ganz sicher unser Experte. Mit einer Prise meiner Fantasie, wärst Du eine absolute Koryphäe." Nun zeigte er in Richtung auf die Nordermole. „Natürlich haben wir hier vier Meere." Claus starrte ihn entgeistert an. Wenn ihr auf der Nordermole steht, dann seht ihr neben dem Baltischen Meer, das Häusermeer. Zum Abend erstrahlt das Lichtermeer." Die Augen vom XO weiteten sich und Dildo feixte: „Wenn wir dann noch Nebel bekommen, dann seht ihr gar nichts mehr."

„Man-o-man, Dildo. Du bist doch so was von durchgeknallt. Ich hätte es wissen müssen" motzte Claus, stimmte dann jedoch in das allgemeine Gelächter mit ein. „Das ich Dir immer noch auf den Leim gehe. York, haben wir noch dunkle Schokolade ? Ich benötige Nervennahrung" scherzte nun Claus.

„Schokolade löst aber keine Probleme."

„Ein Bioapfel löst auch keine." Claus wischte sich kleine Regentropfen aus dem Gesicht und gab ein Zeichen, dass sie eine Wende fahren wollten.

„Klar zum Wenden !" rief er.

„Ist klar" antwortete Dildo.

„Ree." Das Manöver wurde geschmeidig ausgeführt. „Neuer Kurs hart am Wind. Dichtholen."

„Neuer Kurs am Wind liegt an."

„Bravissimo. Man merkt euch an, dass ihr ein eingespieltes Team seid." Vorsichtig setzte sich Giulio von der Steuerbord- auf die Backbordseite. Vollkommen entspannt, lehnte er sich an die hohe Süll, der Cockpiteinfassung zum Schutz gegen überkommendes Wasser.

„Übrigens, Dildo. Habe ich Dir gegenüber schon erwähnt, dass meine Freundin, nachdem ich sie nach Ihrer Ringgröße gefragt habe, nur noch am Strahlen ist ? Hätte…"

„Oh-oh" rief Dildo aus und unterbrach Claus. „Was vernehmen meine entzündeten Ohren da ? Liegt eine größere Feier in der Luft ? Da bin ich doch ganz oben auf der Gäste…"

„…Hätte nie gedacht" nahm Claus den Faden wieder auf „dass Sie sich so über eine Bowlingkugel freuen wird."

Nun schaute Dildo verdutzt drein. „Also Claus…"

Giulio kannte die beiden zu wenig und schaute leicht irritiert. „Siehst Du, Giulio. Unentschieden. Eins zu eins. So geht das mit den beiden täglich. Nun aber zurück in den Hafen" entschied York. „Wir wollen Giulio nicht zu sehr strapazieren."

## 042

*„Wenn wir Intelligenz und Weisheit mit Löffeln fressen könnten, wären wir so kopflastig, dass wir an Halswirbelbrüchen schon ausgestorben wären. "*

(Manfred Poisel)

Alles was die WaschPo an Wasserfahrzeugen aufbieten konnte, bewegte sich wie eine Armada auf die Predator ‚Super Mario' zu. Selbst ein Polizeihubschrauber schwebte über der Motoryacht, in Höhe der Ansteuerungstonne.

York hatte die richtigen Schlüsse gezogen. Eine teure Yacht mit dem Schiffsnamen ‚Super Mario', angelehnt an den Namen des Eigners Mario Sappa und eine italienische Flagge, wenn auch nur steuerbordseitig, liefen bei ihm zu einem Netz zusammen, in dessen Mittelpunkt, der zur Fahndung ausgeschriebene Sappa stand. Der Besitz einer solchen Motoryacht war der Polizei nicht bekannt. Ohne die seltsamen Fahrmanöver, wäre die Flucht unentdeckt geblieben.

Während der Annäherung an die ‚Super Mario', versuchte dort eine Person hektisch, einen Jetski von der Heckplattform zu lösen und ins Wasser zu bringen. Weil ihr das nicht gelang, versuchte die männliche Person, sich durch einen Sprung ins Wasser und Richtung Land schwimmend, der Festnahme zu entziehen. Es war natürlich nur ein kläglicher Versuch. Zwei Rib-Boote schnitten ihm den Weg ab und sammelten den jungen Mann, der auf den Namen Jimmy hörte, kurzerhand ein.

Zur gleichen Zeit erreichte die ‚Hans Ingwersen', von der DGzRS, die im Wasser treibenden zwei Angler. Beide sahen noch sichtlich geschockt aus, angesichts der Tatsache, das ihr kleines Angelboot mit samt der Ausrüstung und dem Tagesfang, geschreddert auf dem Meeresboden lag.

Währenddessen gingen POK Wallison und Ihre Kollege PM Scheel, mit der ‚Greif' längsseits an die Predator. Rasch enterten sie das Schiff und sicherten die Räumlichkeiten.

Bis auf den leblosen Dr. Sappa am Steuerstand, befand sich niemand weiter an Bord. Wie Jimmy, der Neffe von dem Toten, später aussagte, erschoss er seinen Onkel im Streit, durch drei Schüsse. Sein niederes Motiv, deutete auf Habgier und Geltungssucht hin. Die rechtsmedizinische Untersuchung ergab später, dass die ersten zwei Schüsse in den Oberschenkel und die Schulter, nicht tödlich waren und wohl nur dazu dienten, Sappa zu demütigen.

Der Neffe hatte in seiner Überheblichkeit nur übersehen, dass Sappa die Predator steuerte. Durch die Körpertreffer verlor er die Kontrolle über das Schiff. Mit Glück konnte er einer Kollision mit der ‚Blue Marlin' gerade noch so ausweichen, aber das dunkle Angelboot erkannte Sappa zu spät, obwohl der Schmerz und das Adrenalin eine drohende Bewusstlosigkeit verhinderte.

Jimmy wurde durch die Schlingerfahrt, im Steuerstand rückwärts, gegen eine Kante geschleudert. Leicht benommen, musste er zehn Sekunden hilflos mit ansehen, dass die Predator praktisch ein Eigenleben führte. Erst danach kam wieder Bewegung in ihn. Mit einem gezielten Schuss in den Kopf beseitigte er sein vermeintliches Problem. Sein Über-Onkel, Super Mario, existierte nicht mehr. Der Unternehmer, Patriarch, Mafiosi und ehemals Freimaurer des siebten Grad, Ritter der in Osten aufgehenden Sonne und Jerusalem, war tot. Mausetot.

Allerdings nutzte ihm die Übernahme des Steuerstandes gar nichts mehr. Das kleine Angelboot war kurz zuvor geschreddert. Nun griff David nach Goliath und wickelte ihn quasi ein. Die beiden Antriebe spulten sich rasend schnell die Angelsehnen sowie das Fischernetz, nebst Festmachern, von dem zerstörten Angelboot auf die Welle. Innerhalb weniger Augenblicke verlor das Powerboot seinen kompletten Vortrieb. Es glitt noch ein kurzes Stück durch das Wasser, bis der Widerstand zu groß wurde. Leicht schwankend, dümpelte es nun auf Höhe der Ansteuerungstonne dahin. Einem schnittigen Ferrari gleich – jedoch ohne Räder.

„Da sind wir einer größeren Katastrophe gerade noch einmal davongekommen. Ich möchte nicht wissen, was da alles hätte passieren können" stöhnte Stina Wallison erleichtert auf.

„Ich wusste beim Morgenkaffee schon, dass der heutige Tag hässlich wird, aber mit so einer Amöbe habe ich nicht gerechnet" schimpfte Malte Scheel. „Wir sollten den Schlepper ‚Arion' anfunken. Die ‚Hans Ingwersen' wird sich an diesem Boliden die Trosse ausreißen."

„Gute Idee, Malte. Da kannst Du Dich gleich hinter klemmen." Vorher soll sich aber die Spusi, Sappa und das Cockpit vornehmen." Stina schüttelte verständnislos mit dem Kopf. „Alles nur aus reiner Gier. Stephen Hawkings hat meines Erachtes, den Nagel auf dem Kopf getroffen: Mit unserer Gier und unserer allgegenwärtigen Dummheit, werden sich vorher einige wenige und schließlich werden wir uns alle eines Tages selbst ausrotten."

"Lass gut sein Stina. Jeder Mensch ist von Geburt an, ein Glückspilz. Nur manche Menschen merken es nicht."

## 043

Ursprünglich wollte sich die gesamte Crew der ‚O.li', später im 53° Ocean View an der Strandpromenade, auf einen kühlen Drink treffen. Irgendwie bekam dies auch eine nervige, junge Frau mit, die Dildo laufend stalkt. Um ihre Planung zu ändern, griffen sie zu einem Insiderkniff.

„Okay, wir treffen uns dann in einer Stunde am Straaand"
ließ York ebenso verlauten, dass die Frau es gerade noch hören konnte. Dabei sprach er das Wort Strand mit einem
gedehnten a aus: Straaand. Für die Insider bedeutete dies
nichts anderes, als dass sie sich im Casablanca treffen würden. Denn, in der Regel wussten nur die Alten aus Travemünde, dass es etwa am Fährvorplatz bis in die Fünfziger,
noch einen kleinen, illegalen Strand gab. Eine Erdschicht,
durchsetzt mit Muscheln, befindet sich noch heute, einige
Meter unter der Vorderreihe, in Höhe der Raiffeisen Volks-
bank. Durch das Kanalisationssystem riecht es deshalb bei
bestimmten Wetterlagen nach feuchten Muscheln.

Wenig später hatten sich alle im Casablanca eingefunden.
Aufgrund des Wetters war die Terrasse mit einer Zeltkon-
struktion eingedeckt und ein paar Heizstrahler erwärmten
den Vorbau angenehm. Dildo gab York ein Zeichen. Am
Eingang saß eine zarte, alleinstehende Dame im hohen Alter.
„Ist heute Mittwoch?" raunte er ihm zu.

„Stimmt, eigentlich müsste sie ganz woanders sitzen und ihr
Essen einnehmen" wunderte sich auch York. Täglich isst sie
in der Kajüte bei Peter, wo es unter anderem die besten
Steaks im Ort gibt. Sie erscheint stets zu Fuß und läuft mit
einem, etwas nach vorne über gebeugten Oberkörper. Aus
der Richtung von Elatus kommend, schleicht sie langsam bis
zum Optiker Hinsch, biegt plötzlich im rechten Winkel ab
und quert die Vorderreihe, direkt zur Kajüte. Danach lässt sie
sich immer von einem Taxi abholen. Täglich das gleiche Ritual. Auch mittwochs. Nur das am Mittwoch Ruhetag ist.
Jeden Mittwoch steht sie entsetzt vor der geschlossenen Re-
stauranttür. Nach einem kurzen Moment des Verweilens,
steigt sie die wenigen Treppenstufen wieder herunter und
begibt sich zum Casablanca. Irgendetwas hatte sie heute von
ihrem Ritual abgelenkt. Wir beließen es bei der Feststellung.

Ein Platz weiter, saß POM Malte Scheel mit seiner neuen,
bezaubernden Freundin Katja. York und er nickten sich zu.
Zu ihren Füßen lag ganz still ein schwarzer Labrador. Auf
ihrem Tisch stand ein wunderschöner Strauß creme- und rot-

farbener Rosen. Verliebt, versuchte er, ihr verschiedene Speisen schmackhaft zu machen. „Die Spaghetti mit Gambas aus dem Parmesanlaib, an Trüffelsauce, ein Gedicht. Abschließend Tiramisu oder Mascarpone. Das ist hier so lecker. Ich habe jetzt schon einen Bärenhunger."

„Das verträgt sich aber alles nicht mit meiner Lactoseintoleranz" erwiderte sie. „Ich habe keine Tabletten dabei. Daher werde ich Lammfilet in Rotweinsauce wählen. Zusammen mit einem Montepulciano." Gleich darauf ermahnte sie ihren Hund nicht zu betteln. Offensichtlich schielte er zu sehr auf das Vitello tonnato, was bei York als Vorspeise gereicht wurde. Sie zeigte York ein betörendes Lächeln.

Dildo grinste schon wieder spitzbübisch. „Wir haben hier im Ort doch eine so ausgeprägte Rollatorendichte, vielleicht sollten wir einmal ein Rollatorenrennen veranstalten. In verschiedenen Disziplinen natürlich. Zwanzig Meter auf Zeit und wer hat auf vierzig Meter die meisten Beinkontakte, wessen Rollator ist am schönsten aufgepimpt? So etwas eben. Das können wir prima in der Vorderreihe, zwischen Kaffee Lichtblick und Damenmoden ANNA. Wir sitzen natürlich in der Jury, beim Barista mittendrin" strahlte Dildo über seine famose Idee.

„Mit ihm geht die Fantasie wieder durch" lachten York und Claus. Giulio verstand jetzt den Scherz.

„Viel wichtiger sind meines Erachtens, farbige Linien auf der Straße Vorderreihe. In jede Richtung einen roten, ein Meter breiten Streifen, wo alle dreißig Meter ein deutliches, weißes Fahrradsymbol aufgemalt ist. Dann begreifen auch die Besserwisser und die Touristen, dass die Straße Vorderreihe, ganzjährig ein Radweg sowie temporär eine öffentliche Autostraße ist, aber definitiv keine Fußgängerzone" echauffierte sich der XO.

„Da gebe ich Dir vollumfänglich Recht, Claus. Die Politik beißt sich daran seit Jahren die Zähne aus. Die Vorschläge sind eine Katastrophe. Es ist unter anderem angedacht, die

Radfahrer durch die vielbefahrene Kurgartenstraße zu führen. Da wird die Zahl der Verkehrstoten rapide zunehmen
und vielleicht die Rentenkasse entlastet" führte York an."

„Es ist schon interessant, wie frühzeitig man von unserer
Welt Abschied nehmen kann" knüpfte Claus an. „Abgesehen
von den zahlreichen Krankheiten, Suiziden und sonstigen
Unfällen, kommen jährlich nur zehn bis fünfzehn Menschen
durch Haiattacken ums Leben. Durch das giftigste Tier der
Welt, der Seewespe, zirka einhundertfünfzig. Durch Schlan-
genbisse unglaubliche fünfzig- bis einhunderttausend und
durch Mückenstiche etwa siebenhunderttausend. Wohlgemerkt, jährlich !" Claus schüttelte sich und nahm einen
Schluck Weißwein. „Allerdings gibt es weltweit jährlich, über
eine Millionen zweihundertfünfzigtausend, Verkehrstote zu
beklagen. Allein in unserem Land dreitausendeinhundert-
achtzig im letzten Jahr."

„Ich habe in einer Studie vom Statistischen Bundesamt über
zweitausendsiebzehn gelesen, dass, obwohl Männer einen,
eins Komma vier Prozent niedrigeren Anteil an der Bevölkerung ausmachen, in allen Altersgruppen, einem drei-
fach erhöhten Risiko ausgesetzt sind, im Straßenverkehr
tödlich zu verunglücken." York zuckte mit den Achseln. „Es
hat sich evolutionär nicht viel geändert. Die Männer
verunglücken beim Jagen von Bären und die Frauen überleben häufiger, da sie Beeren sammeln."

„Wahrscheinlich wäre das Leben ohne Männer in manchen
Dingen einfacher" sinnierte Dildo laut "aber wahrscheinlich
auch langweiliger." Der pure Schalk blitzte wieder in seinen
Augen auf. „Wer weiß es ? Wenn ein Yogalehrer seine beiden
Beine nach oben streckt und dann furzt, welche Yoga-Figur
stellt er dar ?"

Allgemeines Achselzucken. „Eine Duftkerze… - Salute !"

Blue Bay, Mauritius
Fr-17.Aug-2018

*„Betrachte einmal die Dinge von einer anderen Seite, als du sie bisher sahst, denn das heißt ein neues Leben beginnen."*
(Marc Aurel)

Shavasana ist die Vokabel der Todeshaltung beim Hatha Yoga. Eine Ruhehaltung in Rückenlage. Von allen Asanas, stellt diese Ruhehaltung an den Körper zwar die geringsten Anforderungen, jedoch gilt die Ruhehaltung, als am schwersten zu meistern, da es bei ihr darum geht, die ganze Spannung aus Körper und Geist weichen zu lassen. Diese Haltung wird typischerweise für eine Entspannung am Ende einer Übungsstunde oder zwischen anderen Übungszyklen eingenommen. Bei der Leichenhaltung liegen die Übenden mit geschlossenen Augen auf dem Rücken. Während der Dauer, zwischen mehreren Minuten bis zu etwa dreißig Minuten, sollen alle Gliedmaßen nach und nach entspannt sowie alle Kontrolle über den Atem, den Geist und Körper gelöst werden. Ohne Shavasana ist eine Yogastunde nicht vollständig. Shavasana ist pure Entspannung. In Shavasana ist das Nichtstun höchste Pflicht. Deshalb wird es oft unterschätzt. Nichtstun ist für den aktiven Menschen unglaublich schwer. Denn Nichtstun heißt: Nicht bewegen, nicht denken, nicht fühlen. Nur atmen ist erlaubt.

Am feinen, zum offenen Indischen Ozean gewandten Sandstrand des Shandrani Beachcomber Resort, am Rande der Blue Bay, löste das Chamäleon die Entspannung langsam wieder auf. Seit drei Tagen genoss sie den ‚Winter' auf Mauritius, bei angenehmen zweiundzwanzig Grad.

Hier konnte sie sich völlig tiefenentspannt auf sich selbst besinnen, Tauchen, Wakeboarden und über ihr zukünftiges, neues Leben nachdenken. Wieder zurück auf ihrer Strandliege, servierte der aufmerksame Barkeeper einen kühlen Drink. Den Cocktail schlürfend, ließ sie kurz die letzten Wochen Revue passieren. Am aufregendsten gestaltete sich für sie die Zeit im Aostatal.

Nach der Auslösung der Handgranate im Mt. Blanc Massiv, rauschte die Schneelawine tatsächlich unterhalb von ihr ab. Alle drei Zielpersonen wurden von den Schneemassen mitgerissen und hatten genug mit sich selbst zu tun. Daher war es ein leichtes für sie, sich ungesehen aus dem Schneestaub zu machen. Ihren letzten Job erledigte das Chamäleon dann anschließend in Mailand. Kurz und glatt. Der Vizepräsident von Global Argentina Intenationale, Dr. Denis Destefano, hatte keine Chance und ganz sicher nicht eine Sekunde Zeit des Bedauerns, über sein Ableben. Schon zwei Stunden später saß sie in einer Maschine nach Wien. Gleich im Anschluss ging es weiter nach Barcelona, wo sie wieder die Maschine wechselte und über Paris nach Mauritius flog. Jedes Mal unter einem anderen Namen mit einem perfekten Pass.

Anstrengend, aber unausweichlich. Die Spur des Chamäleons führte ins Nichts.

Ein neues Lebenskapitel lag nun vor ihr. Geldsorgen gab es keine und zunächst wollte sie als Tauchlehrerin arbeiten. Die Malediven kamen ihr in den Sinn oder vielleicht sogar Mikronesien. Dort, wo Jacques Cousteau schon tauchte. Mitten im riesigen Stillen Ozean. Eintausendfünfhundert Kilometer östlich der Philippinen.

Mit leichter Wehmut, erinnerte sie sich gerade jetzt, an den Typen aus der Weinstube, in Travemünde. Sie hatte damals keine Zeit, mehr über ihn herauszufinden. Der Job hatte höchste Priorität. „Wenn.., ja wenn…"

Sie schob den Gedanken beiseite.

Travemünde
Mo-03.Sep-2018

*„Eines Tages werden wir alle sterben. "*
*„Ja, das stimmt, aber an allen anderen Tagen nicht. "*
*(Snoopy)*

Morgens um sechs Uhr fünfzehn schläft der Promenadenstrand in aller Regel noch. So wie heute. Die Lufttemperatur betrug schon jetzt zweiundzwanzig Grad und bis zum Mittag sollten noch fünf Grad dazukommen. Der Nordostwind fächelte nur ganz leicht.

Auf der ersten Seebrücke saßen am Kopfende, Stina, Claus und Giulio, der seine Zeit noch einmal um zehn Tage verlängert hatte und sich schon wieder, dank Franzi, ganz passabel bewegen konnte. Mit einem Fotoapparat bewaffnet stand York hinter ihnen.

Ergriffen genossen sie gemeinsam das mystische Licht des orangefarbenen Horizonts, die Stille und die Weite des Wassers. Nur einige Möwen und Seeschwalben zogen hinaus auf die Ostsee, einem Fischerboot entgegen. Pünktlich, kurz vor halb sieben, rückte der äußere Rand der Sonne über den Kamm der weitentfernten Steilküste. Schnell rückte der leuchtende Stern höher und zeigte seine komplett, runde Scheibe. Die Lichtstreuung tauchte die ganze Lübecker Bucht in ein intensives orangerot.

„Fantastisch" flüsterte Claus. Giulio und York beobachteten die Szene nur stumm. Der noch drei Kilometer entfernte Fischkutter führte eine riesige Schar an Möwen im Schlepptau. Sie gierten aufgeregt nach den über Bord geworfenen Fischresten. Wie bestellt, bildete sich nun der Kutter als Schattenriss vor der gleißenden Scheibe ab.

„Spirituell" vernahmen sie nun Stina. „Ein atemberaubendes Naturschauspiel. Das ist ein Grund, warum ich hier wohne. Hierdurch tanke ich neue Energie. Vor allem nach den letzten Wochen." Sie unterbrach sich kurz. „Ich kann viele Stunden damit verbringen, mich an solche Minuten zu erinnern."

„Wollen wir jetzt einmal schauen, ob es noch Feuerquallen gibt? Ich hätte große Lust zu schwimmen." In den letzten Wochen explodierte die Population der gelben Haarqualle, durch die langanhaltenden, hohen Luft- und Wassertemperaturen dieses außergewöhnlichen Sommers, gerade zu. Eigentlich gingen sie fast jeden Morgen zum Schwimmen in die Ostsee. Seit zehn Tagen verkniffen sie sich das Vergnügen. Auf Verbrennungen und Ausschläge der Haut war keiner von ihnen scharf.

Stina, die die treibende Kraft des Frühschwimmens war, sprang auf und schaute ins klare Wasser. „Ich sehe keine. Toll, dann mal hinein." Flugs zog sie sich aus.

„Stina, Du hast es auf den Augen" riefen Claus und York fast synchron. „Da ist eine und hier auch und…"

„Ach, vermiest mir das nicht. Ihr könnt mich ja von der Brücke aus leiten." Sprach es und kletterte über eine Stegleiter ins Wasser. Claus und York schauten sich Achselzuckend an. Sie machten aber keine Anstalten ihr zu folgen.

„Guten Morgen. Waren Sie schon im Wasser?" Hinter ihnen stand der wackere Herr im Bademantel, der ebenfalls täglich sein Morgenbad im Outdoorpool einnahm. Er wohnt vis-a-vis in der Kaiserallee.

„Da sind immer noch ganz viele Feuerquallen im Wasser. Nichts für uns."

„Ach, die machen mir nichts aus" erwiderte er tapfer. „Gestern befand sich sogar noch eine Qualle beim Ausspülen in meiner Badehose."

Perplex sah York seinen Freund Giulio und den ebenfalls entsetzten XO an. Alle drei mussten plötzlich Lachen. Ihr Kopfkino produzierte die wildesten Bilder. „Übrigens. Giulio, bis etwa achtzehnhundert galt baden in der Öffentlichkeit als unschicklich. Rund zehn Jahre später gab es hier die ersten Badekarren. Diese wurden mit samt einer Person ins Wasser geschoben. Hierin konnten sich, in erster Linie die Damen, die hochgeschlossene Badebekleidung anlegen und sich vor neugierigen Blicken Schützen. Laut Information des Seebadmuseums in der Torstraße 1, warteten die Menschen teils mehrere Stunden, bis sie an der Reihe waren.

„Das war herrlich." Stina entstieg prustend dem Wasser. „Jetzt kann der Tag starten. Ich habe mir einen Strandkorb bei Karin Stöter bestellt und werde mit Mareike einen schönen Badetag am Strand verbringen." Mareike oder auch Nonome, wie York sie nannte, war die inzwischen vierzehnjährige Tochter Stinas. „Apropos. Karin feiert nächstes Jahr ihr vierzigjähriges Jubiläum, als Strandkorbvermieterin..." Stina rubbelte sich nebenbei kräftig ab „...und die Untersuchungen zum Fall Rapo-Sappa sind im Prinzip abgeschlossen. Das Kartell ist in sich kollabiert. Bis alles restlos aufgearbeitet ist, vergehen noch einige Monate. Damit habe ich zum Glück nichts mehr zu tun" freute sie sich. „Der oder die Killer sind allerdings unerkannt verschwunden. Es gibt keinerlei Spuren. Als wenn es sie nie gegeben hätte. Wie ein Geist." Stina schüttelte den Kopf. Ob aus Ratlosigkeit oder um ihre Haare zu sortieren, war nicht genau auszumachen.

„Wie ein Chamäleon" pflichtete York ihr bei und gab ihr zärtlich einen Kuss.

- - -

# Epilog

*„In jede hohe Freude mischt sich eine Empfindung von Dankbarkeit."*    (Marie von Ebner-Eschenbach)

53° 3' 27" N , 8° 54' 21" O

Dieses Buch mit seinen vielen kleinen Geschichten, die zum Teil in Travemünde und im imposanten Aostatal spielen, ist für mich eine Herzensangelegenheit. Neben Bremen und Travemünde, fühle ich mich ebenso im italienischen Aostatal willkommen und zuhause. Schon lange habe ich mich mit dem Gedanken getragen, dieser spektakulären Bergwelt, samt ihrer kulinarischen Freuden, in einem Buch Rechnung zu tragen. Besonderer Dank gilt hier Giulio Signò und Abele Blanc, mit denen ich unzählige Male, fantastische Abenteuer erleben durfte. Darüber hinaus gibt es dort noch viele weitere tolle Menschen, wie z.B. Francesco, Isabella, Luciana, Luca, Patrick, Corrado, Giovanna, Bruna, Luigi und...

Auch meinen guten Freunden um mich herum und auf dem gesamten Erdball, gebührt mein Dank ! Toll, dass ich Zeit mit Euch verbringen darf und durfte. Dank auch an meine Eltern Gerda und Günther und meine Brüder Günther und Gerald sowie meinen lieben Lebenspartnerinnen, die meine Entwicklung nachhaltig mitgeprägt haben.

Ganz besonders dankbar bin ich für meine beiden tollen Kinder Jan Ole und Maarten. Ich bin so stolz auf Euch ! SCHÖN, DASS ES EUCH GIBT !!

Guido *alias* Yeti

- - -